尤荻特・赫爾曼
Judith Hermann

楊夢茹 譯

家

Daheim

獻給K與B
謝謝你們的關愛與友情

那時，將近三十年前的那個夏天，我住在距離海很遠的西部。我在一個中型城市的新開發區租了一間一房公寓，在一家菸廠上班。我的工作很簡單，只要留意菸絲束是否筆直地送進切割機器就好了，此外沒有別的事要忙；其實，菸絲束經過機台時若沒有平放好，機台上的感測器的就會把它攔截下來。（菸絲束會像個朝牆壁跑過去的人那樣，一個猛然衝撞後停下來。）感測器經常失靈，所以我得站在機器旁，盯著菸絲束，在它歪斜時把它放平。從早上七點做到十二點，中午休息半小時，接著繼續做三小時。我經常恍神，視線越過機器，看著菸絲束切成一根根香菸，看著數千根香菸依序掉下來。這些就是外面在城裡的人抽的那種香菸。上工前，休息時，吃飯後，爭吵時，相愛時和相愛後。

煙霧迷漫。

菸廠的工作差強人意，我讓自己抽離與它的關聯，或許換個說法，我不讓自己進入那些關聯之中。我戴耳塞，其他女工都沒戴，她們真的可以在震耳欲聾的噪音中交談，我因為戴了耳塞聽不到她們的聲音，但是看得見她們扯著嗓門聊天。她們的臉通紅，泛著油光，脖子上的青筋明顯凸起。她們打著手勢，對性交與觸礁、憤怒，對某件事情結束以及勝利，露出精準、簡明扼要的表情。她們笑容滿面，用手指著對方，笑著拍打彼此的大腿，再用手背抹去眼淚。雖然身穿寬鬆的工作服，頭上戴著起了毛的紗帽，儘管廠房裡的高溫讓我們不成人形，但她們之中大多數人堪稱面容姣好。

午休時我們必須互說一聲「吃飯了」，電梯裡、走廊上、員工餐廳內、排隊領餐時，都要說「吃飯了」。我很不喜歡說「吃飯了」，這終究引起人們的注意，於是我被請去值班主管的辦公室。

值班主管坐在辦公桌後面，前前後後搖弄他的椅子。他把我從頭打量到腳，至於他看到了什麼，他並不特別關心。他點點頭，好像有些事他了然於胸，而且還早就知道的模樣。他因為無聊而打起呵欠。

他打著呵欠說，在這裡中午要打招呼的。

我說，我不知道他是什麼意思。

他說，您明明心裡很清楚。

我心裡當然清楚。我並不打算在這間工廠待一輩子，我就是受不了要說

「吃飯了」。

他說，聽好，事情很簡單。如果要妳說「吃飯了」這麼難，妳就滾蛋。

和那句話沒有關係，有關係的是規定和權力。我想了一會兒，為何他突然用「妳」來稱呼我，思索著他辦公室裡瀰漫的溫度，以及他用來打發時間的這個房間；我們目不轉睛地看著對方。

然後他讓我離開。

晚上我經常坐在我那間五樓公寓的陽台上。之前某位房客留下了幾個花盆，盆子裡種了我從未見過的植物。綠色的嫩枝上開著火柴頭般大小的白花，雖然我從來沒澆過水，它們卻都還活著。地上鋪著人工草皮，有一張折疊桌和僅有的一張椅子，從陽台上可以看見高速公路主幹道與加油站。

我很喜歡這個景色。

加油站有藍色的霓虹燈招牌，開進開出的汽車，可憐的花束用包裝紙包好，陳列在架子上，一袋袋的烤肉用木炭放在門前。看人們下車，加油，心不在焉地盯著加油機上的數字劈里啪啦地跳，看他們在洗車時翻閱報紙，買啤酒、巧克力以及薄荷糖。我想像著，這些人都要開上很長的一段路，把油箱加滿，真心希望走得遠遠的，若有路過的人向他們問路，他們就聳聳肩然後說，喔，我不是這裡的人，我對路也不熟，對不起。

我坐在陽台僅有的那張椅子上，腳翹在桌上，抽著工廠生產的香菸，把菸灰彈到欄杆外，然後把菸頭塞進一個可樂罐裡，那時我菸抽得可凶了。那個夏天非常炎熱，我穿著內衣褲坐在外面，直到夜深，天幕完全暗下來為止。家家戶戶的燈光一盞一盞亮起，主幹道上的車前燈亮起，太陽下山了，熱氣仍在。熱氣沒有降下來，高溫滯留在房舍之間，沒有退去。我經常下樓去加油站買冰淇淋，穿上一條吊帶裙，套上夾腳拖，拿起鑰匙與零錢，然後下樓。我從來不搭電梯，我走又悶又髒的樓梯間，而且從不開燈。外面更熱，高溫讓柏油路變軟了，每一扇窗戶都開著，聽得見電視機、爭吵、用力甩門的聲音。汽車用慢動作駛向加油機，人們夢遊似地加油。商店的入口自動打開，店內燈火通明又涼爽，不停播放著廣播節目。我打開冰櫃，盡可能拉長在打開的冰櫃前晃來晃去的時間，最後拿了一個莫斯科夾心冰淇淋。只選莫斯科夾心冰淇淋，從來不買別的，但是我每次都是一副難以決定的模樣。收銀台坐著一位像我現在這個年紀的女性，令人驚嘆的是她在讀一本書，每當她要結帳時，就十分不情願地把書擱到一旁，這個畫面每次都讓我印象深刻。每天晚上都是同一位女士，而我們整個夏天都沒交換過私人話題。

就在我想說的那天晚上，收銀台前站了兩個人，他們加了油，又買了一堆洋芋片、甘草糖和香菸，我考慮著站到打開的冰櫃那裡等，讓手臂到手肘浸在冰櫃乾爽的冰涼之中，但最後我還是關上冰櫃，乖乖去排隊。就在此際，商店的門發出聲響，一個老男人走了進來，他穿了一套簡單優雅的黑色西裝，一頭銀髮，一張乾皺如木頭的臉，彷彿剛參加完一場國葬。我的眼角餘光瞥見他走進店來，直接排在我後面，雙眼不掩飾地在我裸露的肩胛骨之間逡巡。我能感受到他的目光，所以往前挪了一步。他又等了一會兒，然後碰了碰我的手肘，我轉過身去。

他說，妳個子小，正好適合。

他的聲音我記得很清楚，非常小聲，以老男人來說音色相當清晰，但有點兒沙啞，也許帶著些微南方口音。我想要強調一下，他說的那句話聽起來不會不正經，並不猥瑣。只不過，奇怪的是那句話與事實不符。那時的我個子並不小，我今天的個子不小，那時的個子也不小。我身高一六七，個子小嗎？不，我這麼對他說。

他舉起手來，長了老繭但很乾淨的手掌轉向我。
不，不是這個意思，當然。妳個子不小，身高很一般。但是對我要的花招來說，妳的個子夠小。雙腳剛剛好，肩膀很窄。我需要一位新助手，妳看起來就像我要找的人。
這就是他說的話。

我說，適合做什麼的助手？
我其實不想問，但我還是問了，其實我根本不想跟他說話，但在不知不覺中，我們攀談了起來。
他說，適合我的木箱。被鋸開的少女。被鋸開的助手。我是魔術師。
那兩個買了洋芋片、啤酒以及香菸的人瞬間消失了，蒸發在空氣中，收銀台那位女士盯著我說，下一位。下一位。該您了。一個莫斯科夾心冰淇淋，還要買點別的嗎？

我說，不了，謝謝。對不起，不買別的，就只有這個。

我付了冰淇淋的錢。老男人站在我後面，堅定不移地緊挨著我。

他說，容許我陪妳走一段嗎？

你得先結帳吧？

喔，不用，我沒有加油。我從窗外看見妳，只是經過並且看到妳，所以才走進來。

收銀女士刻意忽視我們，她的眼神什麼也沒透露，總之她也沒法幫我。她又打開她的書，避開我們，右肩轉過來，形成一個沉浸於閱讀的側影。我們於是一起走出去。以一個老男人來說，他走得很快，腳步靈活好似在跳舞，他比我矮，有點駝背，看起來不像魔術師。

我說，好吧，你不要跟著我。

他說，好，但是妳不考慮一下嗎？很簡單的。只需要躺在木箱子裡，我把妳鋸開，表面上看起來，然後再把妳組裝起來。我們可以試一試，來我家，我們來試試看。

他說話時，雙手比劃著木頭箱子、鋸開、組裝。我知道鋸開少女這個魔術表演，電視上看到的，老掉牙了，真的人人都知道那是怎麼回事。

我說，哦，我還不確定。

他說，是，這我理解。不用擔心，我太太會在一旁，她會注意安全。妳只需要躺下來，可能得穿上一件紅色洋裝。真的簡單得不得了。

我一語不發，他的視線從我身上移往高樓上那些燈光敞亮的窗戶，露出很有耐心又溫柔的微笑。他的西裝一塵不染，仔細熨燙過，大概是量身訂做的，他穿著一雙蛇皮尖頭鞋，這是他身上唯一的可疑之處，這雙鞋太引人注目，而且上頭布滿了灰塵。

他的手這會兒伸進褲袋裡，把所有東西都拿給我看。

顯然他一點都不覺得天氣很熱。

一副輕鬆自在的樣子。

他說，沒事的時候妳考慮考慮。然後到我們家來，石頭街七號，我們平常都在家。

我說，我會考慮的。

我轉身離去，把他留在原地。我沒有走向我的公寓，選了另一個方向，我心想，他真的不需要知道我住在哪裡。我撕開莫斯科冰淇淋的包裝紙，它幾乎已經化了，融化了，於是我把它扔了。

我考慮了一個星期，整整一星期，我每天八小時站在機器前面，想著這件事。在陽台上坐到夜深人靜，菸抽得比以往都多，考慮著，考慮這件事可真費神。七天後我放棄了，繼而在市街地圖上尋找石頭街的位置。他住在城市另一端的盡頭，不知道他跑到新開發的住宅區做什麼，又為何穿著熨過的西裝和那雙蛇皮皮鞋到處閒逛？我花了點時間才決定穿什麼衣服，那時我有一件紅色和一件藍色的洋裝，我先穿上紅色的，又脫了下來，最後決定穿那件藍色的。我把頭髮梳整齊，在鏡子前站了好久，在廚房的桌子旁坐下，再一次站起來，出發。我動身，是因為不想再考慮要不要出門，或是最好不要去。

我只能搭公車去，轉乘的第二輛公車行駛的路線中，有一段經過一條獨棟洋房林立的街。那種獨棟洋房前院有白漆欄杆，大陽台上擺了好萊塢式的鞦韆吊椅，草編遮簾下有種在陶罐裡的杜鵑花，灑水器在剪短的草坪上噴灑出彩虹般的水霧。門打開的車庫裡，汽車停在堆放整齊的木頭前，小徑上鋪滿了鵝卵石。住在屋子裡的人不貧窮也不富裕，他們只是擁有一些東西，而我想到，我一無所有。我帶著手提包，提包裡有我的皮夾，我的鑰匙，我的香菸，我的打火機，這就是我全部的家當。那時候，這些就是我需要的一切，或者我假定自己不需要別的東西。我認為，我可以從這座中型城市立刻前往另一座城市。

魔術師住的獨棟洋房是這條街上的最後一棟，與別家的房子並無不同。這棟洋房的後頭有山，街道在此畫下句點，變成了一條逐漸消失在金雀花灌木中的小徑。車庫裡沒有車，沒有木頭。花園裡種了幾棵樹，樹葉顏色很深，幾乎與黑色無異。百葉窗放了下來，大概是因為天氣燠熱。我站在房子前消磨了點時間，可能想再考慮一下吧；也許希望根本沒有人在家。但是門開了，他走了出來。這位魔術師走出來，足登那雙蛇皮皮鞋，穿著西裝褲和一件無袖汗衫。

他看見我，張開雙臂朝我走過來，看得出來他很高興。

請進，請進！妳考慮好了，真好，真是太好了，妳決定了。我好開心。

我於是走進去。

我怎麼能拒絕呢？

我跟在他後頭走進屋，他幫我抵住門，並小心翼翼地在我身後關上。走道很窄，他指了指空蕩蕩的衣帽間裡的一個衣架，但我沒有東西要掛。他帶我走進客廳，客廳有一片很大且通往花園的落地窗，百葉窗高高拉起，但通往花園的門關著。客廳中間有一個放在兩個支架上的木箱，三張隨便擺放的椅子，其中一張椅子上坐著一位女士。她看起來比她的丈夫要蒼老得多，很嬌小，身穿一件絲質襯衫，扣起來的領口高得有如一位維多利亞時代的女王。她的頭髮與那件襯衫恰恰相反，看起來像鋼絲絨。短、蓬亂、彷若金屬線。我走進去時，她站起身，立刻兩手交叉放到背後，她沒有露出微笑。

她對她丈夫說，她的個子可不小。

他說，她的身高剛剛好，妳會明白的。

我覺得她好沒禮貌，真想對她說，妳為什麼不自己當助手？妳的個子真的很小，為什麼不讓人把妳鋸開呢？

她伸出放在背後的左手，瞇起眼睛，毫不遮掩地使了個眼色。

我太老了，觀眾不想看老女人。

他說，確實如此。她說的對，請坐。喝杯冰茶。我知道妳會來，我有把握。雖然等了幾天，但是我知道妳會考慮，然後會來這裡。天氣真熱，我們先喝點東西，然後就開始。

我們喝冰茶。三個人圍著那個木箱坐下喝茶，裝冰茶的茶壺已經放在窗台上了，旁邊還有三個玻璃杯；他們好像真的知道我會來似的。冰茶有檸檬和薄荷的味道，微甜，還有冰塊。魔術師的太太嚼著冰塊，嘎啦嘎啦非常大聲，一塊嚼完換下一塊，沒停過。她坐在椅子上，雙腿晃來晃去，像個年老的孩子，她簡直就是個侏儒。她斜倚著頭盯著我看。

她說，妳是做什麼的？

我說，我在菸廠上班。

她說，抽菸嗎？

我說，當然。

成家了嗎？

沒有。

沒有人等妳回家，不必為誰忙碌？

我清楚地說，沒有，沒有需要我為他忙碌的人。

妳的父母呢？

都不在了。

我曾經有媽媽，有哥哥，但我不知道這和她有什麼關係。我不知道她為什麼想要知道我必須照顧誰，我還想，如果她問我，有沒有把我來這裡的事告訴誰，我就要站起來離開。但是她沒繼續追問，她看著丈夫，而她丈夫用那種很特別又溫柔的方式微笑，並且點點頭。

他說，妳知道嗎？我們將一起搭船，我們三個，我太太和我，還有妳。搭遊輪，極光號。妳會有一間外艙房，可以站在舷窗旁面對海景抽菸。我們一星期有三場表演。這艘船開往新加坡後返回，整整三個月。妳覺得怎麼樣？

我不知道該說些什麼。我在客廳裡四下張望，這個房間空蕩蕩，沒有任何可資我描繪這兩個人的私人線索，牆上沒有照片，餐具櫃上沒有小擺設，只有我們坐的這幾張椅子，還有那個木箱。箱子上有些小刮痕，貼上了有銀色小星星圖案的藍色亮光紙掩飾，箱子中間有一條裂縫，左邊也有一道，右邊有兩個開口。就這樣了。事情已過了三十年，但即便是三十年前，這個木箱仍然十分可笑。

老男人於一旁注視，看我打量這個箱子。

他說，妳準備好了嗎？還口渴嗎？

我說，我準備好了，很希望把這件事辦完。

他說，太好了。我們馬上開始，現在就開始。

他站起來，搬了一張椅子到木箱旁邊。

他說，表演時有一個樓梯，一個真實、儀式性的小樓梯。妳走上去，我打開箱子後，妳就爬進去。

我脫下夾腳拖鞋，赤腳站到椅子上。

他說，不必害怕。

我說，我不怕，有什麼好怕的呢？

他打開箱子，裡面有一塊摺疊整齊的毯子，一端有一個皺巴巴的枕頭，另一端塞了一個兩隻腳上穿著黑色漆皮皮鞋的道具。

他先指了指枕頭，然後是那兩隻道具腳。

這裡當然是前面，那邊是後面。妳躺下來，把頭伸進開口，漂亮的小腦袋瓜留在外面。用腳把道具推出去，稍微扭動一下，然後我關上箱子，妳盡量把腿縮起來，縮到只有一半的身體卡在裡面為止。可以嗎？

他忽然停下，不確定我聽懂了他的話沒有。

我說，都聽懂了。請繼續。

他說，最好把兩條腿縮起來側放，裡頭很窄，請見諒，不會很久的。我把妳鋸開，我變戲法。他臉紅了，露出一抹細微、隱含驕傲的紅暈。我會再把妳放出來。這就是全部過程。

我爬進箱子裡，躺下去，把頭伸進開口。沒想到那個皺巴巴的枕頭還挺舒服的，誰曾經躺過這裡？我用雙腳把道具推出箱子。他關上箱子。我把腳縮起來，木屑因此戳進了膝蓋。箱子搖搖晃晃，我好熱。他的妻子仔細觀察我們，像烏鴉一樣眨著眼睛。

他說，現在，妳的身體縮成一半了？

我說，沒錯。

他從箱子底下拿出一塊很薄的金屬片，搖晃著，聽起來像木偶戲裡遠方傳來的雷鳴。

他說，真正演出時，我們要多製造一點驚奇。這只是排練，只是要妳知道，讓妳看看到底是怎麼一回事。這樣還行嗎？

我說，還行。

他又搖了一下金屬片，然後把它移到箱子中間那條裂縫上方，把它放下去，一副就要鋸下去的模樣。我裸露的腳掌能感覺得到金屬片，涼颼颼的，有點癢。

他說，真正演出時還有煙霧，有音樂。而且在開燈的情況下表演，我們會打燈。妳明白嗎？

我說，噢。

我平躺著，雙手交叉放在肚子上，膝蓋縮起來擱到旁邊。打從我能思考以來，就有躲進自己心裡的本事，像一隻鑽進殼裡的蝸牛，像一隻把自己蜷縮成小球的蜘蛛。躺在箱子裡不太舒服，雖然不太費勁，但依舊不舒服，此外，有這麼一時半刻，我想我恐怕要昏倒了，說不定他們在冰茶裡下了藥，當我再度醒過來時已經被活埋了。過了一會兒我心想，我大概真的變成了兩半，不是身體，而是頭部。或許是心臟。我的心被分成了兩半，我在這裡，我在另一個截然不同的地方，在另外一個非常遙遠的地方。然後就結束了，結束了，結束得如此之快，以至於我以為我弄錯了。

他把金屬片從箱子裡抽出來，打開箱子，我把四肢伸直，把那個漆皮皮鞋的可怕道具拉進來，然後爬出去。登上他的椅子，然後回到地板上。從外面看過去，無法想像會讓誰留下印象；看起來有點像小孩的慶生會，像為一間機構所準備的節目。

那女人說，妳覺得如何？

我說，我應該覺得如何？和之前沒什麼兩樣，我覺得很好。為什麼問我這個問題？

她轉而看別的地方。

她說，隨便問問而已。

她說，但妳必須加點表演，不能只是爬進去再爬出來。妳必須具備……某種態度，妳必須認真看這件事。

我說，意思是，我應該手舞足蹈地爬進去，再興高采烈地爬出來嗎？

她的丈夫說，她表演時就是這樣。

顯然他覺得有必要介入。他說，我知道她以後會表現得很好，觀眾會喜歡，觀眾會愛上這個表演。

我坐回椅子上。出乎人意外地，我們又坐了好一會兒，不再說很多話。她變安靜了，我也變安靜了。我們望向花園，風吹過樹木，拉扯著黑黝黝的樹葉，看起來根本就不像樹葉了，比較像水，深綠色、黑黝黝的水。我們三個都在看。也許這根本就不是這位魔術師和他妻子的花園，也許根本就不是他們的洋房住家。他們只是暫時在這裡，沒有固定住所，搭船行走四方，帶上他們的箱子以及各種東西。也許說到底，他們是旅行者。

房間裡安靜得出奇，我忍不住想我大概聾了。我清了清嗓子，我聽得見自己清嗓子的聲音。

我說，你還表演別的魔術嗎？

他禮貌地點點頭，客氣到令人心疼。

他說，哦，用撲克牌變戲法算嗎？用彩色的小門，用數字，玩別人心裡在想什麼的把戲。我能讀出別人的心思。

我說，沒有用兔子，沒有用小白老鼠，用鴿子變戲法？

他搖了搖頭。

沒有，沒有用兔子和小白老鼠變的戲法。兔子、小老鼠和鴿子都不准上極光號。

他盯著我看，我盯著他看。他的木箱是個笑話，但他帶有一些不容動搖、頑強的氣息。我試著什麼也不想，我擔心我的動作不夠快，也許對他來說我不夠迅速。

他說，妳有沒長時間待在船上過？有過乘船旅行的經驗嗎？

沒有，從來沒有過。

乘船旅行獨一無二，妳會喜歡的。每天早晨和每天晚上，看看海，看看日出和日落，輕鬆又愜意。這是一份禮物。

他伸出他乾枯的手。

他說，妳就答應吧。和我們一起去，妳有一星期的時間收拾行李，我們七天後出發。星期一中午十二點到火車站，我們要坐半天火車到港口，晚上啟航。妳可以好好睡個覺，安安靜靜地喝咖啡，打包行李。然後踏上旅途。

我吸了一口氣，把手伸向他，他握手很輕，非常自然。他的妻子站起來。我以為她也要說一兩句話，但她什麼也沒說，只是站在那裡，黑藍色的眼珠彷若黑刺李子，虹膜四周不知為何沒有眼白，那時我不覺得這樣很奇怪。她沒有和我握手，我也不覺得奇怪。

在那個星期，我整理了我的東西，每天都放幾樣小東西到行李箱，我還擁有這麼多東西，實在讓我很吃驚。我去菸廠，把耳塞塞進耳朵，做我的工作，長束香菸連續五天都順利進入切割機。我沒說「吃飯了」，我假裝自己說了，無聲地說這三個字。我考慮要不要去找值班主管，告訴他我不做了，要去新加坡，搭極光號去，並且要當一位魔術師的助手；我確信在這間辦公室裡還沒有人曾經說過新加坡這三個字，我更確信他不會相信我說的話，我想，我也可以不知會他就離開，於是到最後我什麼都沒對人說。

晚上我坐在陽台上。車子一輛又一輛駛向加油機，停下，繼續開上主幹道，踩油門然後離去。我看著車子開走，向下望著加油站，心想，那個老男人一定還會再經過這裡，並且期待我會出現，想確認我是否變卦。但是他沒有來，不然就是我沒看見他。

出發那天早晨我起得很早，喝了一杯咖啡，又喝了第二杯。天上積雲密布，很熱，很悶，又沒有風，好像暴風雨即將來襲。我把咖啡杯洗乾淨，關掉熱水器，整理床鋪。拔下所有插座上的插頭，打開空無一物的冰箱，關掉水龍頭總開關。把行李箱放在門前的玄關上，坐上陽台，點燃一根香菸。我等著天空降下雨來。近午時分開始下雨，柏油路上冒著熱汽，聞起來像受潮的灰塵和植物。

啊。

這就是我想告訴你的故事。

其實我早就忘了這段鋸開少女的往事了，直到現在才想起來，中間差不多過去了三十年，是因為那棟位於低地的房子，因為咪咪和亞里德，也因為那個貂鼠陷阱而想起這個故事。我站在那個陷阱前，那個木箱又出現在我面前，像夢中的一個畫面，那種你夜裡夢過，隔天早晨又忘記的夢。突然間，躺在水裡的東西被往上推，不費吹灰之力浮出了水面。

游著。

一個軟木塞。或一根粗繩。

我沒有去新加坡。我去了別的地方旅行。遇見了奧堤斯，我們結婚，並且有一個女兒，安。安長大了，奧堤斯和我分手了。我住在鄉下，在我哥哥家附近的波羅的海海邊住了將近一年，我哥哥年輕時經常出門旅行，後來在這個海邊定了下來，不但開了一間酒吧，還買下一棟房子。我為他工作。我可以搬到他家的，他的房子很大，有很多房間，而且只有兩個人住。但那棟房子在村子裡，我對那座村莊很陌生，此外，和我的哥哥一起住是不可能的。一起工作已經夠了，我們兩個都希望獨居，即使基於不同的理由。

我在村外租了一間房子，地點很偏僻，房子破敗而且很小，坐落在一條沒有鋪石塊的沙土路上，路一直延伸到海堤。屋前是一望無際的田野和放牧地，屋後有一條小河。一個溢洪道，這條水道把水從內陸引到低地，水再從低地流入大海，褐色的水夾帶著淤泥，沼澤地有許多鳥兒棲息，還有白冠雞、麝鼠和蜻蜓。

屋子裡有廚房、浴室和兩個房間，一間在樓上，一間在樓下。我沒有用樓上的房間，在樓下的房間睡覺，樓下房間只有一扇窗戶，可以望向草地和水。這是我這輩子第一次住在一棟房子裡。

獨自住在一棟房子裡。

一開始，一月份的頭幾個夜裡，我在這間屋子裡睡得像個孩子那麼沉。十二點上床，看書十五分鐘，打開窗戶然後關燈。沒有窗簾，冬季夜晚漆黑得徹底。房子嘎啦嘎拉響，膨脹開來，我立刻睡著了。

然後，過了四個還是五個星期，我在二月的一個夜裡冷醒。房間冷得像冰，外頭刮著風，斜開的窗戶為之震動。風中有一種聽起來讓人不舒服的高音，風像是在花園裡化為人形，在唱歌。我起床關上窗戶，寒冷絲毫不減，屋裡依舊有風。我走出房間來到走道上。大門完全敞開了，枯葉在木頭地板上簌簌作響。門前的夜色如此黝黑，彷彿這間屋子是一個太空站，而黑夜是宇宙。我赤腳走在枯葉上，挺恐怖的。我關上門，門的沉重前所未見，我用力頂住一股無名的阻力。

在上床睡覺前，我很清楚我已經把門關上了。

隔天早上我寫信給奧提斯，我寫道：昨天夜裡大門敞開，我再次把它關上然後回到床上，但事情沒那麼簡單。我開始感到害怕。或許是另一種感覺，從昨夜開始我懷有一種敬畏，我想，那是為孤獨付出的代價。我為臥室門裝了一個插銷，想當然耳，插銷讓人尷尬，覺得屈辱——一個逐漸老去的女人將臥房上鎖。但恐懼占了上風，再者，當時我還不打算讓人進入我的房間，看見那個插銷，並給予它諸多解釋。我在網路上訂購了幾罐胡椒噴霧。奧堤斯給了我一把自衛用的氣槍，為了以防萬一，我把槍放在床底下，和胡椒噴霧與折疊刀擺在一起，在窗台上放了一隻美國製的小手電筒，很堅固，足以擊傷歹徒的頭骨。但我仍舊難以入睡。清醒地躺著，仔細聽周遭的動靜——風、雨、房子的呻吟、花園裡樹枝的劈啪聲，以及沼澤的潺潺水聲。我聽見廚房裡的冰箱在運轉，聽見屋梁上幾乎難以察覺的乏味嚓嚓聲。但不知道什麼時候我睡著了，一次睡足八小時，醒來時外頭已是亮晃晃的白天，從窗戶望出去，那片水讓我感到愉悅。

我寫信給奧提斯，我寫道：奧提斯，冬天就快結束，白日會變長，我會出門去到處看看。我買了一輛自行車。我會再寫信給你報告我的生活！

我哥哥的酒吧在一月和二月不營業，我賴在床上，很晚才吃早餐，中午去散步。四周灰濛濛，一片寧靜，一種軟綿綿的冬日寂靜，村莊裡的商店都關著門，窗戶用報紙貼住，沙灘上空蕩蕩，書報亭的門為了預防風暴造成大漲潮而用木條釘死，網球場上空無一人，霧濛濛中，遠方的島嶼影影綽綽。我沿著海邊走，盡可能往西，走得愈遠愈好，然後回頭。我哥哥有時候晚上會過來，我做飯，然後一塊吃飯。他正在和一個年方二十的女子交往，她讓他飽受折騰，他不停地談這件事，很情緒化，語無倫次又狂熱。

她名叫妮可。

她有點像在教養院裡長大的小孩，詭計多端。我哥哥沙夏都快六十歲了，從來沒愛過誰，看到他談戀愛挺怪異的。他向我描述妮可帶給他的痛苦，他覺得那些痛苦猶如精挑細選、價值不菲的東西，他為湧現的多樣感覺驚愕不已。驚愕他們之間的鴻溝。我央求他，至少在用餐時不要穿夾克，他不情不願地脫下夾克，把我給他的食物吃個精光，沙拉、湯、巧克力布丁，但他根本不知道自己吃了哪些東西。他在吃飯的時候抽菸，連續喝下好幾小杯啤酒。我試著和他談一下他的酒吧，想弄清楚我在那裡要做什麼，對我有什麼期待，但他對他的酒吧壓根兒就不感興趣。他對我也不感興趣，對奧堤斯或安也是，我們好些年沒見了，他難道不想問一問嗎？但他沒有，他感興趣的只有妮可，僅此而已。他抽著菸穿上夾克匆匆離去，好去跟她見面，讓她來折磨他。

他站在走道上時，他說，我現在可以放妳一個人在家嗎？

我跟他說了門敞開的事，但是沒告訴他胡椒噴霧、奧堤斯的氣槍、刀子以及臥房的插銷。

每次他都說，我現在可以放妳一個人在家嗎？妳應付得來嗎？

我說，我當然應付得來。

如果我說，我應付不來，我害怕。如果你能留下來，留下來陪我，那就太好了；他會怎麼做呢？

我當然從來沒這麼說過。

＊

三月時分，那間離我很遠，除了我這棟之外同一條路上的另一棟房子裡，在暮色將臨之際忽然亮起了燈光。車道上停了一輛髒兮兮的汽車，一個女的在房子和車庫間跑來跑去，在樹與樹之間拉起繩子，然後把羽絨被掛上去。燈關得晚，早晨太陽出來之前她就到屋外擦窗戶。接下來的幾天裡，她掃落葉，修剪連翹，鋸木頭，用深紅色的發光油漆粉刷車庫門。一星期之後她走過來，在廚房的窗戶上拍了兩下，我請她進屋。

咪咪。

親愛的奧提斯：我不應該讓她進屋的，但我沒辦法。

她留著一頭濃密的長髮，黑髮，夾雜著一綹一綹的銀絲，在頸項盤成一個散漫的髻。她穿著橡膠雨靴和一件綠色罩衫，這件罩衫她用一根小牛皮繩在臀部繞一圈，再繫在腰上。我招待她喝茶，她一直待到吃過晚飯了才走。桌上的每樣東西她都要摸一摸，真的是所有的東西——我的閱讀用眼鏡，我的貝殼，我的蠟燭，我在漫長冬夜用報上文章和照片黏貼成的拼貼畫，我的筆記本，我的筆，檸檬、核桃。她好奇得不可思議，而且無意掩飾自己強烈的好奇心。她高高舉起在拍打窗戶時我正在讀的那本書，她說，赫布蘭德．巴克[1]，哎呀，我聽都沒聽過呢。亂翻一通，闔上書，很無所謂地把它撂到一邊。她是這一帶的人，在這裡出生，曾經離開一段時間，沒有兒女，三段婚姻都像我和奧堤斯一樣以失敗收場，咪咪很想回歸生長的地方。她認識我哥哥，暗示曾經與他暗通款曲。她是雕塑家與畫家。她說，她已經好久好久沒捏過陶土，也沒碰過畫布了，但她現在回到了她的根，心情激動得很。

她是這麼說的：我心情激動得很。

她又強調了幾次，又說，她非常滿意

我的思緒在「非常滿意」的措辭上停留了許久。

她說，妳的根在哪裡？

我說，哦，我恐怕我沒有根。

我說，老天，別這樣看我。這再平常不過了，有些人有根，有些人就是沒有。

她挑了挑眉毛，噘嘴，沒有再說什麼。她的眼睛不大，石頭色，圓圓的臉上流露著某種鄉土味，有種孩子氣。身上有股刺鼻的乙醚味，我一開始沒聞出來，後來我想起來了，那是茶樹油的氣味。

1 Gerbrand Bakker，一九六二年生，荷蘭作家。

後來她重拾原來的話題，又試了一次，她說，妳哥哥呢？妳哥哥，他有根嗎？妳認為他在海邊定下來了嗎？

根這個字聽起來很怪異，她的問題讓我想了好一會兒，最後我說，我想，我哥暫時在這裡定下來了。我想，他和我一樣沒有根，但他喜歡假裝他有。

她似乎能夠理解，猶豫了一會兒，然後開口問了，也許是她一開始就想問的事情，她問起我的丈夫和兒女。

我說，我的丈夫住在城裡，我們的女兒長大了，正在旅行，偶爾會捎來簡短的訊息，透過衛星電話傳送連結。

咪咪友善地說，有點像電子明信片。

我說，對，可以這樣說。她在南方，現在正在往北方的路上，上一個連結是從低地發出的，她說不定會來。說不定。

我相當確定安不會來，短期內不會，在可預見的時間內也不會。我不想深入談這個話題，咪咪明白並停止討論，轉而聊別的，聊天氣、這個地方、即將來臨的旅遊旺季、遊客。她說，她不反對來一杯葡萄酒，於是我為我倆開了一瓶酒，我們一起喝，她喝得很快，一副很陶醉的模樣。她在接近午夜之際離去，在我家待了將近七小時。她在走道上穿上橡膠靴的時候說，總之，妳搬來了我很高興，我有個鄰居呢。

我問她，一個人住在這裡會不會害怕？

我說，一個人住在這裡怕不怕？她泰然自若地盯著我看，好像完全不知道我在說什麼。

害怕，怕什麼？

她搖頭，不，她不怕。夏天她開著門睡覺，誰會想在這裡對她不利，為了什麼對她不利？沒有人啊。

我說，我的門半夜裡自動打開了，這太讓人不放心了，而且是在隆冬時發生的，所以我才問妳怕不怕。

咪咪神情輕鬆的說，那是東風吹的。東風把門吹開了，別擔心。妳得習慣這裡的東風。

她走進夜色中，身影消失了。

我回到屋內，洗淨酒杯，把她坐過的那張椅子推回桌子那兒。我寫信給奧堤斯：從今天晚上起，我不再像這整個冬天那樣孤單了。出乎意料，也許吧？她叫咪咪，我猜，你會說，她是個老實人。

*

在這裡的第一個春天，我每周在我哥哥的酒吧工作五天，酒吧位於村莊外的港口邊。

貝殼酒吧。

那是一間高腳屋，我無從知道我哥哥怎麼弄到這間臨時木板房的，他也不想說，反正他覺得很好，借用咪咪的話，他對這間木板房顯然非常滿意。據我所知，我哥這輩子從未真的做過什麼，從未認真投入過某件事，他沒有一技之長，會的東西極少甚至什麼都不會。他是個騙子，擅長佯裝無所不能，餐飲業似乎是這種情況下一個不錯的解答。木板房明亮又寬敞，裝潢很簡單，七張桌子，一個吧台以及窗外美麗的風景。到了夏天，我哥說，再放五張桌子到大陽台上。春天來得晚，要做的事不多。遊客零星上門，有沉默不語的伴侶，悶悶不樂的鳥學家，成群結隊上了年紀的婦人，不會停留很久的人，他們吃塊蛋糕，喝杯茶就走。我哥哥整天坐在咖啡機後面的那張高腳凳上，用手機和妮可聊天。他傳長篇大論的訊息給她，她要麼根本不回，要麼就用他看不懂的縮寫回覆。

KP
HDL
OMG

他說，KP. HDL. OMG. 是什麼意思呀？
我從安那裡學到了這些縮寫。
我說，我猜，意思是沒有計畫。還有，愛你。
OMG，我哥說得又慢又笨拙，喔，我的天。

我留他在高腳凳上，自己走進倉庫，進入木板房後面的貨櫃。能離開他我挺高興，我整理了飲料，補充庫存，記錄訂單。天氣變暖和後，我把木板屋四周亂糟糟的灌木修剪整齊，並用凱馳牌的高壓清洗機把大陽台上的木板條清洗乾淨。我熬湯，並把湯冷凍起來，訂了周末要用的魚。把貨架擦乾淨，洗杯子並且擦得晶亮。我哥哥坐在咖啡機旁看著我忙碌。我才不在乎他的酒吧呢，我不確定他是否知道。我只是想做點兒什麼，我必須賺錢，僅此而已。

我哥說，旅遊季節開始後，船隻陸續在港口下水，這裡將擠滿了人，熟客就會上門來了。快艇船長，難纏的快艇船長，妳會見到的。

我說，喔。

我說，很明顯現在還沒有人來。

我繼續整理，休息時坐到外面的大陽台上，打開我的書。我哥跟過來，坐在我旁邊。

他說，多德勒爾《斯特魯德霍夫小徑》。

我說，封・多德勒爾，《斯特魯德霍夫階梯》[2]。

他東拉西扯，我看書。偶爾有人帶著氣喘吁吁的狗兒經過，他們讓狗在灌木上撒尿。

我哥說，我的天，我討厭這些人。

太陽西沉，我走進屋，吃一塊塗奶油和撒上鹽的黑麵包。

*

我哥哥不覺得我和咪咪做朋友有什麼好高興的，曾經與咪咪暗通款曲讓他覺得心裡不自在，我認識咪咪這件事迫使他去想像，假使他現在還跟她在一起的話，會是什麼樣子？這個高大、豐乳、頭髮黑中帶灰，腰上纏著小牛皮繩，一雙寬大的手上手指短小，指甲堅硬，有像貝殼一樣的槽紋的女人，如果她每天早晨都躺在他身邊，會怎麼樣呢？他希望我知道咪咪曾經有多美。從前的事了。

他說，她以前身材真的很曼妙，頭髮很漂亮又濃密，看起來真的很漂亮。

我說，我們都曾經這樣過。

我哥頑固地搖了搖頭，他認為自己依舊帥氣。他又高又瘦，身上有種不褪的少年氣息，但頭髮變稀疏了，眼睛布滿血絲，虹膜黯淡，眉毛上長出一根根鐵絲般的毛，像是深海魚的觸鬚。他的牙齦萎縮，下巴垂著有如火雞的鬆垮嗉

2 Heimito von Doderer（1896-1966），奧地利小說家，曾五度獲諾貝爾獎提名。著有*Die Strudelhofstiege*，以位於維也納的戶外階梯命名，故事也發生於此。

囊。我不打算跟他說這些。

他說，第一次和咪咪約會時，他去她長大的農莊接她，那是一座幾百年來由幾位富農，具有影響力的人士經營的農莊，那時她回家探望父母。咪咪上了他的車，他發動汽車，十分鐘後她說停車，他停下，她下車然後吐了。

她一屁股跌進壕溝，吐進蘆葦叢裡。她因為激動而難受。妳曾經因為和一個男人外出而想嘔吐嗎？因為妳覺得他不可思議、好得不得了而覺得難受？

我回答了什麼他根本無所謂。

他說，他在咪咪家過夜，隔天早上咪咪的母親把燻肉炒蛋和一大壺茶送到床邊，但接下來把他送進豬圈，他必須幫忙餵豬。豬隻到處亂竄，像狗似的咬他的褲腿，還啃咬自己的尾巴，互相撕扯下對方的尾巴。所有的東西都濺了豬血，好似一場荒唐的噩夢。

他說，我做不來這些，我受不了。今天那些豬還在，那間農莊今天仍存在，其實挺令人驚訝的。世界上還有誰喜歡吃豬肉？誰還會買一塊乾硬、地力耗盡的田地？咪咪的弟弟就幹了這樣的事。他照管田地，亞里德。咪咪有沒有跟妳說過她的弟弟亞里德？

咪咪喜歡早晨和晚上時分過來，天氣愈來愈暖和，我們迎著早晨的陽光坐在我的房子前喝茶，她拔掉石頭縫隙中的雜草，因此感到筋疲力竭。她告訴我，我屋前壕溝邊上赤楊的樹幹會把田野的景色裝進一個框裡。應該用垂直線劃破這片空蕩蕩的平地。她指著籠罩在黑得發亮的耕地上的雲帶，要我看那乳粉和金橙的色澤，妳看，牧場、壕溝，牧場是打補釘的被子，壕溝則是縫線。

她說，看那邊。

她問起我住在城裡的生活，問奧提斯的工作，問安的這個那個，我有時迴避，有時不迴避。她用心傾聽，很快就理解，然後就離題，聊些雞零狗碎以及平淡無味的事。我問她跟我哥在一起好不好？她沉默了許久，然後說，她不知道，這關我什麼事；我覺得，她說的有理。和她在一起很輕鬆，晚上她帶我去騎單車，她有一輛快要解體、咯吱咯吱響的腳踏車，輪胎上有乾掉的泥巴，她像老農夫那樣彎腰坐在上面，儘管如此，她卻能騎著它長途旅行。她帶著我沿著堤內騎，越過堤防，然後沿著海邊折返。她向我解釋漲潮退潮、小潮、大潮、海岸等詞彙。她和我一起走到港口那兒的洪水指示器，告訴我，假如我們一九六七年時住在這裡的話，水位會高過我們的頭，高過多少。

她指著我們四周說，再過五十年這些就都沒有了，全部都會消失。

她說，妳到底有沒有潮汐時間表？如果想在這裡生活的話，必須有一張潮汐時間表。我們不知道會發生什麼事，但潮汐時間表洞悉一切。九月六日幾點低潮？十二點十分，她得意洋洋地點頭，彷彿潮汐時間的知識就是她自己的知識。

她讓我看她把畫布沉入水中的地方。她想出一個方法，先把畫布釘在牢固的框子上，再把畫布放進鹽沼邊緣的淤泥中，讓潮水沖刷幾次，然後過去檢查，看畫布上多了什麼東西，海水在畫布上留下哪些印記。她說，她會保留那些東西，看看能整出什麼名堂來。有時候畫布上只有一條墨角藻，有時候是貽貝或竹槓的碎片，一根蟹螯、一隻海月水母、穀殼、藤壺和沙蝦。沉積物以及浮游生物。有一次她找到一個石化的海膽，另一次冒出來一隻完好無缺的海星，三月底的一個清晨，她在畫布上看見一條魚的輪廓，一個陰影，僅僅勾畫出來而且褪色了，好像一幅石窟繪畫。咪咪跑過防波堤上成排的雙木樁，來到淺灘上，她從不會被一排排木樁突然冒出來的乾樹枝給絆倒，像漁夫收網似的拿起她的畫布。我在沙灘上走來走去，看著她，貝殼在我的腳下咯嘰作響，碎裂開來。她穿了一件紅色的粗呢大衣，大衣在灰濛濛的天空和黑色淤泥映襯下顯得耀眼，鳥兒在淤泥上留下溫柔的交會蹤跡，數也數不完，環頸鴴、赤足鷸、礪鴴、反嘴鷸。

我已經很久沒來海邊了，上一次來是十五年前，與安和奧堤斯同行。安覺得大海美麗非凡，我坐在沙丘上，閉上眼睛。

我寫信給奧堤斯，告訴他淤泥中的畫布，上頭留下的印記，那些印記多讓咪咪興奮，告訴他她發表過的意見，而淺灘好似一個象徵，它的空無等同一個中心。我寫到，潮差是計算漲潮與退潮的方式，中心力是把一個物體引向一個運行軌道不可或缺的力量。不一致是相應潮汐值中一個單一潮汐的天文學上的偏差，我們可以從時間與高度上的不一致來區分。

我寫著，我還需要再讀一些資料，過一段時間再多寫一些給你。

我寫著，親愛的奧堤斯：自從我來這裡，早晨我不再喝加蜂蜜的大吉嶺紅茶，而是加牛奶的阿薩姆紅茶。你呢？自從我和安離開，你孤單一人後，你都喝些什麼？

*

四月末，咪咪首度和我提起她的弟弟亞里德。

她說，亞里德是農夫，接管了農莊、土地和豬隻。他接下任務，繼續經營先祖創下的家業，但他擴大了規模。我們父母一度有過幾百隻豬，亞里德的豬快要上千隻了。

她突然打住看著我，看看我聽了這些後有沒有話要說。我沒有什麼要說的，我沒告訴她，關於豬的事，我已經從哥哥那邊聽說過了。

她說，他擴建了豬圈，安裝了廄肥貯倉，翻修了農莊。他和一位女子結為連理，那女子要他在最短時間內在她與他家人之間做選擇，他選了這位女子。他決定違背家人，選擇一個潑婦。

咪咪是這麼說的。她說，當我第一次見到他的妻子時，我回到家畫了一個有裂齒的妓女，有觸手也有裂齒。我必須畫一個妓女，於是我畫了。

亞里德有好些年沒和家人往來，他禁止他的父母和姊姊進他家門，做的事傷透了所有人的心。但去年秋天他的妻子突然間走了，她收拾好東西後一夕之間消失了，大家都不敢聲張。他們等待著，但她沒有再回來，現在，咪咪說，又可以去農莊了。也許可以和亞里德聊一聊，花點時間陪他。

她說，我很愛我弟弟。過去和現在，他都是國王。

五月初一個我不上班的晚上，我們騎車過去。天氣很暖和，田野上飄著野菊花、乾泥土和鹽巴的氣味。我們其實想騎單車繞一圈，騎到海邊，再沿著海邊騎回來，就像每次那樣，但就在通往舊堤防線的路上，咪咪停了下來。

也許她早就知道她會停下來。

她在田邊跳下單車，指著那座農莊，農莊位於高大白楊樹的樹蔭下，好似一隻躲在巢穴裡的動物，她說，那是我們的土地，亞里德的農莊。我們走過去吧，去和他喝杯烈酒。

她的神情很認真，泛著紅暈。她果決地把腳踏車抬到壕溝上，推著車走在剛長出來的油菜花莖之間。整個春天都沒下雨，所以泥土呈赭色，到處都是極深的裂口與裂縫，在咪咪涼鞋的踩踏下揚起煙一般的灰塵。油菜開花了，黃色花朵亮晶晶，花梗強韌。下定決心的咪咪腳下飛快，我踉踉蹌蹌跟在後面，汗流浹背，不確定是否想要和亞里德喝一杯，能否應付這種場面。咪咪好幾年沒來農莊了，顯然這裡就是她的根，她興奮得不得了。

農莊很安靜，沒有堆放的雜物，一切整齊有致，乾淨得不得了，幾近於沒有生氣。我們不再交談，連輕聲細語都沒有。咪咪把腳踏車推進穀倉裡，不耐煩地對我揮了揮左手，要我跟在她後頭。四周漆黑一片，幾隻小貓從滿布灰塵的草垛探出頭來。我聽到豬的嚎叫從沒有窗戶的加蓋屋裡傳出來，牠們那響亮、尖銳的叫聲。我們穿過穀倉，沿著豬圈間的過道走到後面，再走出來。亞里德站在廚房打開的紗門旁邊，我們還在他的油菜花田時，他大概就看見我們了，說不定還考慮要不要對我們開槍呢。他看起來一副剛睡醒的樣子，頭髮亂糟糟集中在一側，臉上滿是枕頭印。他的顴骨和咪咪一樣高又寬，但皺紋很深，咪咪的皺紋不深，雖然她比他年長幾歲，還有他的眼睛好小，一副他其實很想把它們藏起來的樣子。他穿了牛仔褲，一件洗得發白的法藍絨襯衫，手腕上有一簇簇金色毛髮。他的雙手從褲袋裡伸出來，然後兩臂交叉抱住厚實的胸膛，他搖搖頭然後轉身，消失在廚房裡。對咪咪來說，這是一個明確的邀請，請她跟著他走。

一個邀請。

廚房像農莊一樣整潔，水槽裡有一個印著曼聯隊徽、缺了口的杯子，一個咖啡機，爐子上放了一份農業機械月曆，僅此而已，剩下的東西大概都收到壁櫥裡了吧。廚房中央擺了一張足夠一大家子使用的桌子，從桌首木頭磨損的程度揣測，那應該是亞里德的座位。咪咪在他對面的椅子上坐下來，離得很遠。我一時間不知道該坐在哪裡，繼而決定坐在中間的那張椅子上，就在他們兩人的中間。亞里德等我坐定位，看不出來他如何看待我們的到來。他打開一個櫃子，拿出三個玻璃杯，讓它們像冰上的冰球似的滑過桌面。他從櫃子裡拿出一個桶子放在杯子旁。

他說，杏子酒。

他消失在走道上，我們聽見抽屜打開又關上的聲音，然後他帶著一盒皺巴巴的果仁巧克力回來，同樣讓它像玻璃杯一樣滑過桌面。

他說，女士們都喜歡巧克力，或者之類的。

果仁巧克力降落在咪咪的大腿上，她低著頭看了又看，最後才很莊重地把它放在自己前面。

亞里德入座，他身上有青貯飼料以及鬍後水的味道。他從襯衫口袋裡掏出一包香菸，在桌面磕了磕，敲出一根菸，用汽油打火機點上，再用拇指和食指夾住，吸進再噴出煙霧。我好久沒看過別人這樣抽菸了，他用一抹若有所思的微笑回應我的驚訝，然後請我抽一根。

我說，不用，謝謝。

咪咪清了清嗓子。

她禮貌地說，這裡很整齊，也許稍微簡陋了些。

她直挺挺地坐在桌首，雙頰像少女般通紅，額頭上冒著汗珠。她把那盒巧克力又推開了些，脫下針織外套並舉起杯子。

她說，乾杯。

亞里德說，乾杯。確實簡陋，沒錯，必須如此，沒有別的法子。

他舉起杯子，連人帶椅從桌子移開，靠坐在椅子上，兩腿分得很開，腰和臀緊緊縮起，一副隨時要打鬥的模樣。他猛然抬頭望向窗戶前的花園，對著咪咪說，妳在妳外面那個狗窩裡過得好嗎？

咪咪顯然不知該如何回答這個問題。

這似乎讓亞里德平靜了下來，他一口喝乾他的酒，立刻又倒了一杯。他突然朝我投來狂野又驚愕的一瞥，好像他直到現在才注意到我似的；很明顯，他很想再問問題，再一次運用他的聲音，只不過他想不出來要問什麼。他飲乾第二杯杏子酒，為咪咪也為我再度斟上。喝完第四杯杏子酒後，他覺得可以帶我們參觀一下房子。房子沒有太多可看之處，客廳裡的電視機前有一張皮沙發，電視裡正播放著大象拖著笨重步伐穿越塞倫蓋提[3]的影片。沙發上有一條棕色的毯子，在沙發前面的地板上，一條足部軟膏放在一份電視週刊上。廚房旁邊

3 非洲坦尚尼亞西北至肯亞西南部，面積三萬平方公里的地區。

那個小房間裡有一台放在堆置搬家用紙箱上的電腦，螢幕保護裝置綻放出一顆又一顆星星。僅此而已。其他的房間空無一物，最多有一個或幾個箱子。屋子裡瀰漫著一股空無，彷彿這裡曾經是犯罪現場，發生過一場血腥屠殺，好像曾經出動了一整隊人馬來清除痕跡。

白板[4]。

亞里德創造了一個讓人印象深刻的白板。

我們回到廚房繼續喝酒。亞里德去穀倉拿啤酒，走道上有幾隻黑貓笨拙地跟在他身後，他說，這種情況他不在乎，但是家裡其實不適合養貓。咪咪倚著廚房的窗戶站立，凝視落到堤防後面的夕陽，蝙蝠遲疑地從簌簌作響的乾枯白楊樹上飛出來，豬隻瘋狂嚎叫。咪咪上樓，在樓上的房間裡晃來晃去，亞里德與我豎起耳朵，他聆聽豬隻尖叫，我捕捉咪咪的腳步聲，然後我向前彎下身子，我的手放在他的脖子上。我說不出來這代表什麼，是攻擊還是關心，我只是這樣做，而他屈服了。他屈服於我手上的壓力，彷彿他早就知道我會這麼做，會有這樣的結果，我要等到很久以後才曉得，他根本沒有屈服，他躲開了。

咪咪抱著一架電唱機走下樓來，她在最大的那個房間裡裝設好電唱機，又拖來一個盒子和一個裝有老唱片的箱子。亞里德用力打開所有的窗戶，我們脫掉鞋子，咪咪先放了約翰．李．胡克（John Lee Hooker）的唱片，然後是傑傑凱爾（J. J. Cale）的〈午夜過後〉（After Midnight），咪咪性急的拆開她黑白相間的髮結。午夜過後我們將放下一切，午夜過後我們將一飲而盡並且大叫，靈魂將變成桃子和奶油。亞里德穿著襪子跳起舞來，左手拿著啤酒瓶，像一頭熊那樣跳著舞。他把我推到房間的角落，解開皮帶，他的手腕毛茸茸的，我屈服了，我不記得是否曾經像這樣被人撫摸過，被要求做這些事情——直接，幾近

4 Tabula rasa，一種認知論概念，認為人出生時的心智像是一塊白板，經由感官和經驗將知識刻在白板上。

於樸實。音樂非常大聲，大到你可以一路循聲找到這裡。外面有一輛汽車緩緩駛過，車頭燈像燈塔光束般把房間從頭到尾照射了一遍。咪咪躺在皮沙發上，赤裸的腳交叉著，她說，這裡倒像是一場真實的驅魔儀式，撒旦的山羊，所有的冥府看門狗，誰能想到這行得通，誰想得到呢？

她說，我休息一下。別管我，我只需要歇會兒，眼睛瞇一下，應該不影響你們吧。

她說，有硫磺味，你們沒聞到嗎？

她滿意地嘆了口氣，努努下唇然後吹開臉上的頭髮，用電視周刊搧風，側轉身體。貓咪坐在窗台上，抬起貓掌並張開爪子，理毛理了好久，再謹慎地用尾巴繞住身體。

天亮時我們騎車回去。太陽已經升起，田野冒著熱氣，蝙蝠倒掛在白楊樹上，公路像一條無止盡的帶子閃爍著淺紅亮光。亞里德陪我們進穀倉，把我的腳踏車推出來，吻了我一下，然後把那盒果仁巧克力推到咪咪的胸前。

他說，我要進豬圈了。

這話聽起來挺心滿意足。我想像著他打開豬圈的門，在上千隻豬的前面，他的臉龐發熱且如癡如醉，還有他和那些豬打招呼的樣子。

咪咪微笑。

她說，我們解散囉，亞里德，再見，改天見。

她大口打了個哈欠，伸伸懶腰，四下看看，為這一天打分數。一切閃閃發光。

我們蹬上單車，連頭都不回一下騎走了。

咪咪說，長得漂亮的女人得到一個吻，胖女人則獲贈巧克力，一直都這樣，必須如此。

這話說得我倆心中暗潮湧動。我必須下車，推著車走一段路，我無法繼續騎車。

妳看吧，咪咪說。我們這裡就是這樣，住在鄉下，妳還喜歡嗎？

*

幾星期之後，那隻動物搬進了我的屋子，晚上我因此醒過來，牠在屋頂歇息，把屋頂絕緣體咬個粉碎，牠撓抓木頭，到處跑來跑去，聽那聲音，牠的體型應該很龐大。也許整個冬天、整個春天，就已經在房子住下來了，現在才從長眠中甦醒過來。至少我知道那是一隻動物，不比二月時敞開的房門那樣令人擔心。我爬上一張椅子，掄起拳頭拍打房間的天花板，聽到牠跑掉的聲音。等待，聽到牠在閣樓地板另一個角落裡亂翻一通，片刻之後，有些什麼小東西從天花板梁柱的裂縫掉出來，隔天早上我發覺那是糞便。我把糞便裝進一個玻璃杯裡，拿去給咪咪看。她拿出一個放大鏡仔細端詳，搖了搖玻璃杯，饒有興味地從各個角度觀察。

她說，這是貂的糞便，想要擺脫貂可不容易。打電話給亞里德，他知道該怎麼對付。

我不知道我是否因為這個而想打電話給亞里德，我比較想再等一等，但日子一天天過去，那隻貂到了晚上就陷入瘋狂，不斷掉進房間的糞便很困擾我，而且牠實在太吵了。於是，我打電話給亞里德，過程比我原先想的容易。

我說，我家裡有一隻貂。

他說，我有一個捕貂陷阱，我拿過去給妳。

晚上他來了，我們在房屋後方架設陷阱，就在我猜想那隻貂在屋頂地板上的瓦片間竄來竄去的斜屋頂下面，離我臥房的窗戶兩公尺遠的地方，我已經開始想像了，那隻貂一不小心從我推開的窗戶裂縫擠進來，然後牠就在屋子裡了，在我的房間裡，在我上了栓的房間裡。捕貂陷阱是一個長形的盒子，兩邊有開口，中間有一個翹翹板，上頭放著誘餌。如果貂進入陷阱，翹翹板會傾斜，兩個活門降落在開口前，就像掉在斷頭台上那樣。這個陷阱沒有通電，卻仍舊散發出自己的氣息，一種精神錯亂與狂暴的氣息。

亞里德架設陷阱時，我在一旁觀看，他放了一塊厚厚的燻肉在翹翹板上，如他所言，燻肉用性荷爾蒙浸泡過了。說這話時他很冷靜。他向我問起咪咪，隻字不提我們在他農莊的那個夜晚，我也不提。他小心地設置好陷阱，站起身來，兩手在長褲上搓了又搓。

他說，應該過不了多久就會在裡頭抓到貂了。

我說，貂進了陷阱以後我要怎麼辦？

打電話給我，我過來把牠帶走。

你打算怎麼處理？

他若有所思看了我好一會兒，最後說，屠殺牠。

他顯然以為，屠殺這個詞對我而言比殺死簡單一些。

夜裡我躺在床上，聽到陷阱關上的聲音，半夜三點四十五分關上的。翹翹板往下墜，活門掉了下來。陷阱中的那頭動物陷入嚇人、長達一分鐘的暴怒，然後恢復寂靜，不再扭動。我又躺了一會兒沒睡，天將亮之際好不容易睡著了，直到上午才醒過來。打電話給亞里德之前，我先喝了一杯咖啡，吃一顆蘋果，又喝了一杯咖啡。我其實吃不下東西，但我同時又想，打電話給他之前，我的胃裡總得有些東西。我拿著手機在房子裡、斜屋頂下走來走去，陷阱在它的壁龕裡，活門關上了。我小心翼翼用腳去碰它，動也不動，我仔細聽，但毫無動靜。

我打電話給亞里德，他很快就來接電話。

我說，我站在陷阱前面，陷阱是關上的，陷阱裡有個東西。

他說，我十五分鐘之內到。

十分鐘後，他開著一輛老賓士來到車道上，下車，讓車門開著，沒打招呼就從我身旁走到房子後面，在陷阱前停下來。他非常興奮，大概直接從豬圈過來，穿著一件髒兮兮的藍色套頭毛衣，鞋子上沾滿了糞便，散發出一種濃濃的刺鼻味，甚至還沒來得及梳頭髮。他是一位捕到動物的獵人，帶了一支手電筒以及一把大鎚子來。我覺得他無法讓人抗拒。

他說，好吧，保持冷靜，慢慢來。

陷阱的上方有一個小天窗，下方有一個格柵。你可以打開小天窗往裡看，不必擔心關在裡面的動物可能會撲上你的臉。亞里德打開小天窗，看不出來有東西，那隻貂一定很嬌小，一定是縮在角落裡。我們並肩蹲下，從側面往陷阱裡窺探，亞里德用手電筒照進裡面。

角落裡有一雙閃爍的眼睛朝我們看過來。

亞里德慢吞吞地說，我想，那不是貂。確定不是，可能是一隻貓。

他果斷地打開陷阱的一邊，那隻貓閃電似地射出來，毛是紅棕色中夾雜著白色，一隻漂亮的玳瑁貓，美麗極了，我們還來不及讚美牠，牠就跑了。飛馳過田野，鑽進收割機底下消失了蹤影。

我們站起來，拍掉膝蓋上的灰塵。

亞里德說，下次吧。我們先喝杯咖啡，抽根菸。下次我一定抓得到那隻貂，我會讓那隻該死的畜生完蛋，我保證。

他走在我前面，繞了房子一圈，我跟在後頭，當我跟著他的時候，突然想起那位魔術師的木箱。很輕，像一幅夢中景象。我想到，這個陷阱讓我憶起所有的時光，想到城市、想到獨自一人、想起三十年前的那一天。回憶起大熱天裡坐在陽台上，加油站，魔術師，以及我躺在他的箱子裡，他把我從中間鋸開的往事。

這些我在給奧堤斯的信中隻字不提，沒提亞里德的農莊，那些豬，咪咪的根。我寫道，田邊停著三輛收割機，一隻蒼鷹每天晚上都停在其中一輛上面，總是停在中間那輛車右邊的輪胎上。

我寫道，船在港邊下水，中午開始一位又一位快艇船長就會來到貝殼酒吧，喝啤酒與烈酒，他們都是白癡，無一例外。

我寫道，我哥大概快瘋了，我想，他頭腦不太正常。

但接下來我就不知道該寫什麼才好，乾脆打電話給奧堤斯。我想聽他的聲音，想告訴他陷阱的事。奧堤斯已經不是我丈夫了，至少法律上不是，而且我們從許多方面來看也不再是一對了，但我依舊稱他為我的丈夫，或者把他當成我的丈夫。這與多愁善感無關，只是比較簡單罷了。我們有一個小孩，曾經結為夫婦，我倆都是第一次結婚，以我的情況看來，是最後一段婚姻，我猜，對他來說也是。結婚時，奧堤斯與我都是認真的。

我的記性不好，前不久才發生的事情，我馬馬虎虎還記得住，比較久以前發生的事，細節就差不多忘光了。我記不住細節，然而氣氛、季節、燈光或者溫度倒是記得。我知道，我在這天或那天和這個或另一個人去散過步。春天以及下雨過後，公園小徑上泥濘不堪，我們不得不繞過水窪。我們聊了什麼，我究竟跟誰去散步？我讀了這個或那個故事，讀時愛不釋手，內容卻大多不復記憶。故事與一個小孩有關，一間房子裡，有一位母親、一個小孩以及被暴風雪困在屋內的一個獨臂強盜，母親在等一個人，我忘了這個人是什麼角色，以及後來怎麼樣了，我說不出來。但我心裡依舊很清楚，這個故事有多讓我感動與安慰。

奧堤斯的記性非常好，簡直到了滴水不漏的程度。我不確定他對於自己生活有關的記性好不好，他很沉默，不喜歡說自己的事。我什麼都告訴他，所有在我認識他之前就已知道，和他共度的那些年間，以及沒有他而我獨自經歷的那些事情。我遇到的邂逅、交談、目光，那些你白天在外面，晚上回到家後會講的事情。奧堤斯統統記住了。

我打電話給奧堤斯，告訴他捕貂陷阱的事，告訴他我因為陷阱突然想起魔術師的那個木箱子，一個心靈創傷，一些忘懷的東西。三句話之後他就把我打斷，說那個箱子貼了銀色小星星的藍色亮光紙，我一點也不驚訝。妳本來可以去新加坡的，但妳比較喜歡留在妳可以看到加油站的單間公寓裡，妳就是喜歡眺望加油站。

我們兩個忍不住笑了。

我說，如果我去了新加坡，我倆就不會相遇了。我沒有去，這樣我們才能相遇；倘若我倆不曾相遇，也就不會有安了。

奧堤斯說，對，沒錯。

這話他說得很遲疑。

他說，但那不是妳沒去的理由，妳那時根本不知道有我這個人，更別提安了。如果當時妳去了新加坡，今天就不會住在這棟位於堤防後面，有霉味、搖搖欲墜又陰暗的房子裡了。

這房子沒有霉味，既不陰暗更沒有搖搖欲墜，奧堤斯。

無所謂。妳不需要為動物裝設陷阱，大可躺在十七樓一間套房的床上，用淺碗喝茉莉花茶；也可以仰望馬來西亞的夜空，妳應該不會回來，會留在新加坡。反而在妳此刻所在的地方。妳一整天到底都在幹嘛？

奧堤斯無法想像，世界上有一個這樣的角落，角落裡有一間散發出霉味、陰暗又搖搖欲墜的房子；雖然他連看都沒看過，卻認為這個角落過於灰暗、太寂寞也太普通了。樸實無華。他若旅行，應該會去南方，往溫暖的地方走，他夢想著熱帶、濃密的森林、藍色的山脈以及狂野、驚濤裂岸的大海。

我說，工作啊，從以前到現在都是。我在貝殼酒吧上班，還可以忍受。試著每天睡八小時，上班前有充裕的時間在床上喝茶。上班，煮東西吃，看書。天氣漸漸變暖和了，偶爾在漲潮時去游泳，假使能安排的話。我騎腳踏車上班，再騎車回家。

他說，哦，但妳和誰說話呢？妳總要和人談心的，何況沒有人能和妳哥哥說話。

我說，我有咪咪。在給你的信中提過的那位鄰居，她很不錯，你會喜歡她的，我可以和她說話。她經常早上過來，晚上也會來。她若晚上來，我們就一塊兒喝兩杯葡萄酒，然後聊天。她很坦率，在這裡出生，對這裡有感情。我因為她，也對這裡產生了若干情感。

奧堤斯學我說話，她很坦率。咪咪，這名字哪裡來的？

一個古老的名字，這個地方才有的名字。

他說，妳哥呢，妳哥哥好嗎？

我說，我哥毀了自己，被一個二十歲的瘋女人牽著鼻子走。

奧堤斯不予置評，沉默著，然後說，那個愚蠢的捕貂陷阱是誰裝的？

我說，咪咪的弟弟。

奧堤斯說，原來如此，懂了。

　奧堤斯是收藏家，有些人會說他是個沒用的傢伙，反正不管怎樣到最後結果都一樣。他收集看似沒有價值的東西，或者一夕之間失去原有價值，變得一文不值的東西。破損的碗盤，或者沒有蓋子的鍋盆，雨傘、餐具以及毛巾，膠捲、折疊椅、郵票、報紙、火柴盒。這些東西擺在街上，放在街邊的紙箱裡，然後在紙箱裡腐爛；奧堤斯受不了這樣。於是他把它們撿回家，整理乾淨，一一保存起來。

他搶救並將之藏匿起來。

除此之外，他也收藏那些到了世界末日我們用得著的東西。當文明到達極限，必須擺脫它們的時候來臨，多年來奧堤斯認為，這個時間點已經到了。他等待著停電超過四十八小時，人們開始掠奪，彼此攻訐，互相殘殺；他知道，四十八小時後，場面多多少少就會變成這樣。為此，奧堤斯準備了發電機。充電電池、蓄電池、唧筒與搖桿，玻璃和繩索，手電筒、藥物、水桶、太陽能收音機，工具和氈靴，棉夾克、釘子、鐵絲、無線電收發機以及鉤環。他為自己、為我、為安以及其他人收集這些東西。他確信其他人不曾為這場災難有任何準備，他們活著，彷彿沒有任何災難，好像他們的世界裡和平是一個保障。

奧堤斯和我從來沒有共住在一個公寓裡，我們和安住在一棟出租大樓的兩間公寓，一間給我和安住，一間給奧堤斯住。奧堤斯的公寓除了他以外，誰也沒法住在裡頭。那是一間倉庫，一間奇特又不切實際的檔案室。擺滿東西的架子之間有狹窄的通道，東西堆積如山，一層又一層，沒有一個秩序，處處可見東西突出來。這間公寓簡直不像公寓，更像海狸的城堡。安很喜歡待在她爸爸那裡，我老是擔心她一碰架子，所有的東西都會砸到她身上，怪的是居然從未發生過。奧堤斯收集東西，使得安搬出去時除了一個塞進牙刷、手機、運動衫以及通訊錄的背包之外，其餘一概不帶，通訊錄是為了防範她哪天搞丟手機而設想的。奧堤斯的收集促使我在這間臨海房子的臥室裡放一張床，閣樓上再放一張，因應萬一哪天安來作客，雖然這個可能性微乎其微。廚房裡有一張桌子和三把椅子，別無他物。我的房子，我很確定，和石頭街上那棟小洋房，魔術師和他妻子住的那棟一樣，鮮有人味。我的房子和亞里德的房子一樣空蕩蕩的，只是方式不同。我從城市搬出來時，東西都送人了，可能還值點錢的全給了奧堤斯，所有精神上的物品歸安所有。小箱子裡裝著她嬰兒時期穿過的小襯衫，手織小外套，上頭有安哥拉厚羊毛編成的小帶子，這些東西仍殘留著安身上的奶香。一串彩色木頭珠子做成的項鍊掛著她的奶嘴，她第一雙走路鞋，她小時候畫畫的厚紙板，她喜歡畫一頭有三顆牙齒的獅子，畫我、奧堤斯，以及在星星與星球之間漂浮的她自己。裝著她乳齒的罐子，存放她慘不忍睹成績單的文件夾，還有那隻她十歲時推下床的小刺蝟。這些東西我統統放在一個箱子裡，再交給奧堤斯，他把箱子貯放在他的檔案室，據我觀察，箱子的地位並不比那些有裂痕的杯子、破損的畫框高。也許這就是正確的態度。

奧堤斯依舊住在他原來的公寓裡，我們辦了離婚，免得一旦他過世，我還得以妻子身分收拾他的檔案室。他接收了我和安的公寓，擴充了檔案室，我那間公寓的門只能勉強打開一條縫，而且他是怎麼租到手的？最後面那個房間放了什麼，我猜也猜不出來。但他仍然繼續收集東西，偶爾賣掉或者送出一兩樣，但他撿到的依然多於脫手的，而且他對自己擁有的東西瞭若指掌。問他有沒有手電筒，只消一會兒功夫，他就拿一個給你。裝上電池，功能完好。問他有沒有船隻專用的防水油布，他立刻從床墊底下撈出一張來。你需要一根釣竿，一把斧頭，一盞煤油燈。一個胰島素注射器，一個急救箱，一個指南針和一本告訴你哪些蘑菇可食、哪些不可食的書。一張地圖，木柴，諸如此類的東西。奧提斯全都有，他會給你。儘管如此，我想，他的收藏充滿了悲傷，生命打從他身邊走過。

奧提斯說，妳在讀哪本書，目前？

我說，屠格涅夫的《獵人日記》，好久沒有讀到這麼精彩的書了，你也會喜歡的。你呢，在讀什麼書？

他說，我沒看書，就是在網路上瀏覽。

這個答覆在我意料之中，我知道他躺在床上上網，從他講話的聲音聽出來的，他躺在那張放在檔案室中間的狹窄床墊上，擠在架子、堆棧、層層堆疊的物品，布料與紙張之間，他打開筆電，看影片，一列火車穿過烏茲別克，飛機在短跑道上起飛，直升機在白令海上空盤旋等影片。他觀看主張各國政府無論如何都在追求自己目標，資本主義吞噬人類，世界末日已經到來而我們脫不了身的人的演講。房間裡的窗簾拉上了，床頭一盞從一個吃了敗仗的軍隊那裡弄來的夾燈發出亮光，一盞白熾燈，曾經在戰場上的一個軍用帳篷裡發出亮光過。對奧堤斯來說足矣，看那些影片時，他喝茴香茶，一邊喝茶一邊吃麵包乾，他因為灰塵太多而吞抗敏藥丸。他睡懶覺，小小的褐色飛蛾在房間內四個陰暗角落裡緩緩爬行，如果打死牠們，牠們立刻化為灰塵，沒有過程，沒有身體，身體沒有腐爛。那些飛蛾源於塵土，牠們就是塵上。

我想，像奧堤斯這樣的人，一輩子都在等待一場災難，好像那場災難才能為他們的生命賦予意義，好像人生要等到這個緊要關頭才開始。奧堤斯老是說，我們無論從哪一種觀點來看，都應該隨時為最糟的情況做好準備，我們絕對不可，一次也不行，自認為很安全。

安曾經說過，雖然如此，我想幹嘛就幹嘛。

奧堤斯從一開始就認為有朝一日我會離開他，當我離他而去時，他這種態度反而讓我覺得輕鬆。安搬出去沒多久我就拋棄他了；等到安長得夠大可以接受時，我們分手了。

奧堤斯帶著警告意味問，咪咪的弟弟叫什麼名字？

亞里德，他叫亞里德。

亞里德做什麼呢，他是做什麼的？

我清了清嗓子，我說，他是農夫也是養豬戶，他有一座有豬圈的農莊，豬就養在豬圈裡。

奧提斯說，妳就是在這樣的人家裡進進出出？

我說，我沒說我在他家進進出出。他幫我安裝捕貂的陷阱，僅此而已。到目前為止還沒捕到貂，我想，那隻貂不會上當的。

跟奧提斯談亞里德實在沒意義，談論任何與這裡有關的事都一樣；我們不再聊彼此的生活，而他將不再記得我告訴了他什麼，不再需要一一分類建檔了。這些都不算太糟，有時候我覺得，奧提斯的記性之所以這麼好，是因為知道別人的事情讓人顯得握有權力。

我說，下雨了，得把衣服收進來。我記掛著你，奧堤斯，別看太多網路上的東西。偶爾讀本書，像從前那樣，隨便讀本書，漢森[5]的《維多利亞》，看這本吧。照顧好自己。

然後我們掛上電話。我其實很想告訴他，魔術師的木頭箱子記憶又變得鮮明了起來，好像源自自己的實體那樣有觸覺。我不僅憶起了那個箱子，也憶起了一切：粗糙的蓋子，開口下面給我當枕頭的墊子，鑲著石化貝殼的水磨石窗台，冰茶的味道，那個女人的味道，強烈，薄荷與醋的味道。我憶起了自己，那件我穿著進入箱子的洋裝，一件及膝細肩帶洋裝，印著藍色和白色的圓點。我的頭髮直，短，褐色。儘管如此，這段記憶是一個陌生女子的記憶，一個我完全不認識，從未遇見過的人的記憶。她是誰，她從哪裡來，極光號遊輪在她沒登船的情況下開船之後，她又去了哪裡，為什麼她要經歷那些，她為什麼願意躺到箱子裡，讓人把她鋸成兩半？

奧堤斯，我好希望說話，我好想講悄悄話。

奧堤斯。為什麼她一點都不怕？

有時候你可以在做愛之後談這類事情，兩個人躺在床上，窗戶開著，風吹動了窗簾。你完全信賴，不單指信賴別人，也信任生活本身，周遭近乎寂靜，沉入一己的感受之中。奧堤斯和我以前在這樣的時刻，我們躺著，剛剛溫存過，經常以這種方式談話。包覆在一種寂靜、盲目的信任之中，確信又溫柔。在我倆起來穿上衣服，分開之前。我們不再同床，這樣的談話成為過去，至於談話究竟有沒有用，有沒有促成或者擺脫什麼，始終沒有答案。

5 Knut Hamsun（1859-1952），挪威作家，一九二〇年諾貝爾文學獎得主。

當然沒下雨，自從我住在這裡以後，一次雨也沒下，事實上是不再下雨了，這點奧堤斯很清楚。衣服晾在繩子上，乾了也硬了。我取下衣服並拿進屋，受驚的野雞從草地邊緣灌木叢那兒飛出來，急促振翅的聲音機械化又生硬。從前那個中午，那個我沒有去新加坡的中午，天上下起雨來，雨勢很大，雨量豐沛，那是一場夏雨。我記得，我記得很清楚。

*

妮可小時候曾經被關在一個木箱子裡，她的親生母親把她關進去，有時候只關一小時，有時候關上好幾天。取決於妮可母親的景況，正在忙什麼，是否必須去哪裡，或者家裡有客人來，她不希望受到打擾。主要取決於妮可的行為，她是否做了別人吩咐她的事，或者她是否抗拒，不做別人吩咐她的事。可能是她哭了，一種抗拒，她希望得到別的東西，奇特的東西。

那個箱子放在妮可母親家的一個房間裡，應該就是妮可小時候的房間，但除了箱子之外，房間內沒有其他東西。應該有一張椅子，窗前有一扇百葉窗，窗戶上掛著一幅畫，畫上的降落傘上有一隻狐狸。箱子非常大，總之，大到足以裝下十二歲的妮可；第一次被關進去是什麼時候，這點不清楚，猜想當時她還很小，一歲半，最後一次被關她十二歲。箱子的木頭作工粗糙，木板條之間有裂縫、節孔，妮可就是靠這些呼吸，往外看。箱子裡有一個睡袋，或者類似睡袋的東西。每當妮可在裡面待的時間較長，她母親時不時會打開蓋子，給她一些吃的，然後再度關上，用一個掛鎖確定箱子已關上。在裡面待了幾天之後，妮可必須自己清理箱子，清除她的排泄物，並用熱水洗乾淨所有東西。

每當妮可側躺，兩手交疊貼著枕頭上的臉頰，她可以透過一個節孔看見那扇窗戶，看見窗玻璃上降落傘上的那隻狐狸以及外面的世界。

其他的窗戶。

高樓上的天空。

月亮。

鳥，相當遙遠的地方，小小的黑鳥，朦朧天空上一張看不清寫了什麼的鬼畫符。

那隻狐狸有名字，但妮可沒透露。牠不會移動，無法搭乘降落傘降落，進入箱子尋找妮可，然後再離開箱子。牠可以很安靜，可以低聲說話，牠是自由的。在窗戶上畫下這隻狐狸的不是妮可，而是另一個時代的另一個小孩。

妮可八歲大時，有一天箱子裡多出一副貓捉老鼠的紙牌。有人把紙牌放進來，大概是為了讓妮可安靜，轉移箱子愈來愈狹窄造成的壓迫感。待在箱子裡的時間愈來愈長了，進箱子之前的毆打增加了。紙牌有一百四十四張，從一到十二，以及十八張小丑牌的彩色牌組組成。妮可既不會寫字也不會算術，她不認得數字，不會閱讀。但有人教她寫自己的名字，於是她認得貓捉老鼠紙牌上的I，她不知怎麼知道數字一和二看起來是什麼樣子，其餘的她用各種跡象猜出來的。她拿著牌就著從節孔透進來的光，轉過身子，伸直雙腿，嘴巴貼上節孔，呼吸。她把牌疊起來，開成扇形再闔上。有一次房屋上出現了一道彩虹，在陰暗的天空上畫下讓人難忘的拱橋。紙牌浸染上那道彩虹一樣的顏色，變成箱子裡的一道彩虹。

我哥哥跟我說了妮可的事，告訴我她告訴過他的事，或者，那些她偶爾說出口，而他從種種跡象及片斷約略理出的一些事情。

他說，我想，她小時候曾經被關在一個木頭箱子裡。我想，她媽媽把她賣給了別的男人，她媽媽患有精神疾病。沒有人知道世界上有妮可這個人，沒有人知道。

我哥哥在村子裡的一座橋上撿到妮可，就像一場雨後撿到一隻貓那樣。他半夜裡到處溜達，半夜裡遇見了她。她在停錨酒吧上班，這間酒吧不准他上門，停錨酒吧的人再也不想聽他滿口騙術和吹噓，對他下了禁足令。他知道她在那裡上班，很希望在她輪班時坐在吧台邊，她引起了他注意，注意到她騎著腳踏車穿過村莊，瘦巴巴，穿著一件有查爾斯．曼森（Charles Manson）肖像的連帽夾克，一定是跟那個每周五在市集廣場上架起帳棚的印度人買的。她的腳踏車把手上纏了白色的塑膠花，蓮花。她經常沒來由地摁車鈴，很明顯她很喜歡聽車鈴的響聲。她的頭髮直立成一座山，天再冷也穿高跟鞋，像在舞台上表演的舞者，她有股高度敏感動物的味道，難怪我哥哥會注意到她。至於他半夜裡在橋上遇見她，則是一樁意外。那天她已經下班了，她堅稱弄丟了她暫住的女服務生宿舍鑰匙，不知道丟到哪裡去了，於是他把她帶回自己的家。

我呀，我哥說，這輩子還沒遇過這樣的事呢。愛情，柔情蜜意。不容易，但我很高興，油盡燈枯之前還有機會經歷到，為此我心存感激。

我不確定他說的是哪一種愛情與柔情蜜意，猜想他說的不是他與妮可之間的柔情蜜意和愛情，而是他對她的柔情蜜意與愛情，對另外一個人的。他明明白白把他對所有女人都說過的話說給她聽——我想帶妳去看世界，寶貝——，對妮可他也如是想。她說，我對世界不感興趣，我對你的世界沒興趣。她似乎看不起我哥，她看出他是個什麼樣的人，一個夸夸其談，無所事事的人。

她對我哥說，你什麼也不能帶我去看，你什麼也不會。微不足道，而且運氣不好。你最好忘了你自己。

她被關在箱子裡的那些日子，想必教會了她一些東西。

有時她躲起來，一連幾天不見人影，然後突然在半夜三點出現在他的窗前，不斷敲打玻璃和尖叫，起來呀老男人，開燈，滾出來，在那些夜晚她就在他那裡過夜。他希望她脫掉她那條髒兮兮的服務生長褲，她當耳邊風。他希望她關上手機，她把手機轉到最大音量，專心玩起各種遊戲，不知打哪兒冒出來的西瓜、橘子以及檸檬在螢幕上翻來滾去，又旋而消失。他想關燈，她說，如果你關燈，我就立刻回家。我哥放棄了。有時候她就這麼睡著了，穿著聞起來有油炸和香菸味道的制服，躺在他乾淨得不得了的床上睡著了，手機從她手中滑下，她閉上眼睛。在她真正睡著之前，她陷入一種著魔的狀態，我哥說，別的詞不足以形容。她翻來覆去，伸出舌頭，上半身盡可能往後彎曲，你會以為她的肋骨快折斷了。她呼吸又快又急，伸手亂抓，說著一種他聽不懂的語言。她的雙眼始終緊閉，太陽穴上冒出汗珠。如此好一會兒，然後中斷，進入熟睡狀態。她打起鼾來，留了一枕頭的口水，眼皮下的大眼球從左轉到右。

我哥說，這也許是一種前戲，一種親近，我應該接受。她想像著這就是性行為，那就是了。妳可以說些什麼，妳有沒有話想說？

我什麼也沒想到。

我說，老天爺，到底要我想到什麼呀？

我哥這輩子都對女人不感興趣，他有一大堆女朋友，其中有些我見過，不同階層的女人，計程車司機、美髮師、一個牙齒上沾著口紅的電視節目主持人、生物學家、建築師、獸醫。他把她們統統甩了，到最後她們全都引不起他興趣。他也對男人不感興趣，他自己忙得不亦樂乎，事情就是這樣。我搞不懂為何偏偏是妮可迷倒了他，是什麼讓他與她、她與他產生連結？據我所知，我哥哥和我小時候可沒有被關在木箱子裡。這個問題或許有答案，或許根本沒有，事情就是這麼簡單。

我說，我唯一想到的，就是你已經六十歲了，而她才二十一。她和安一般年紀，比安略小一點。

我哥哥很莊重地說，我離六十還早哩，妳幹嘛誇大其詞呢？我才五十多，如果一定要算的話。我不覺得我有那麼老，年齡不重要。

他說，她睡著時看起來像一條海鱔，她缺了幾顆牙，下頷有點塌陷，上頷凸起，雙眼距離太短，看起來像一隻睡著的小海鱔，還有她的秀髮，他向我保證，她的頭髮在黑暗中閃閃發光。

妮可讓我哥哥開車送她進城，去藥妝店，去一家越南人開的美甲工作室，包括去別的男人那裡。她在藥妝店買東西，蜂蜜護手霜、香草體香劑、X-Lash睫毛膏以及拋棄型除毛刀，全由我哥埋單，她在美甲工作室裡讓人把人工指甲黏貼在她斷裂的指甲上時，她讓他在店外等著。我哥哥坐在停在工作室外的車子上，眼睛無法離開商店櫥窗，妮可把手放在桌子上伸向那個越南女子時的優雅，想必讓他讚嘆連連；她在桌子下狠狠踢了越南女子養的北京犬一腳，同樣讓他驚嘆不已。她貼了銀色的指甲片，裝飾著亮片的指甲片。他等待時打電話給我，他說，都還好嗎？希望妳不會太忙，妳應付得過來的，再過半小時我就回來了，他沒等我回答就掛上電話。妮可從工作室走出來，坐進車裡，為我哥指點出城的路，好像他是計程車司機。她要他載她去拖車，讓我哥在拖車場前面等著，拖車的台座上拴著幾條羅威納犬，一邊狂吠一邊拉扯著鍊條，口水飛濺，降落在拖車的擋風玻璃上。涎沫。我哥說，他不知道她在那些拖車裡幹嘛？哪個地方沒有拖車？他每次都送她去不同的拖車。她就著後照鏡整理她亮晶晶的頭髮，下車，高跟鞋踩過爛泥巴時努力維持平穩，雖然沒有下雨，但拖車始終深陷爛泥之中，陷在一灘泥漿中，必須擺脫泥漿，她不怕那些羅威納犬。她敲門，門打開，她走進去，門關上。她在裡頭待二十分鐘，有時候三十分鐘，然後才出來。

我哥說，妳能告訴我，她在裡面幹嘛嗎？

我說，你不是真的想問我。

他說，我真的想知道。

他說，這和那個木頭箱子有沒有關係，是不是因為她有十二年時間被關在箱子裡的緣故？

他盯著我，我看得出他很認真問我這個問題，一種澈底絕望的認真。他有淚溝，膚色蒼白，一雙大手上起了不少鱗片狀的疹子。他不再睡覺，有一段時間沒喝酒，但現在又開始喝了，每天抽菸超過一包，他看起來像是快要七十的人。

我忍不住說，也許她在裡面和人玩一局貓捉老鼠紙牌遊戲。

我寫道，奧堤斯，你知道一種叫做貓捉老鼠的紙牌遊戲嗎？一個德州人發明的，一個本來叫做惡意與惡謀的遊戲修訂版，天曉得是誰想到把這種遊戲改名為貓捉老鼠。你有沒有玩過？貓捉老鼠。兩個人玩的紙牌遊戲。你和我，我們從來沒玩過紙牌，只有安和我玩過，如今我懊悔不已。很多事都讓我後悔，我確信；你一點兒都沒有後悔的事，但也許我弄錯了。寫信給我。告訴我，你讀了哪本書，有何感想，和人說了什麼，又保留了什麼，我孤單一人，很想念你。安有消息了，她傳來了她的座標，https://t1p.de/a9os，她問候你。我一直在想她，希望她過得好。

我哥哥和我不在酒吧裡談論妮可，我在酒吧裡讓我哥一人獨處，讓他獨自坐在咖啡機後面他的座位上，他像一隻風化、被撕碎的鳥兒，坐在他的高腳凳上，好似他是碩果僅存的物種。我猜不出妮可傳給他的那些隱晦訊息在說什麼，我要做事，而且我很高興有事要做。我必須盛湯，把鯡魚放在盤子上，把水芹撒在番茄上，打啤酒，我必須請客人點菜，收銀，清理桌面，重新鋪桌子並擺好刀叉。第一道熱浪蓄勢待發，我哥哥在大陽台上布置了五張桌子，於是工作量加倍。我必須把裝滿空瓶的箱子搬到樓下木板房後面貨櫃裡的冷藏室，拿出空瓶，裝入新瓶，再把箱子搬回去，拉回樓上木板房裡堆疊放好。冷藏室裡的冷氣馬力全開，轟隆轟隆聽起來彷彿電影《鬼店》中廚房裡發出的聲響，讓我想起這部影片的，也許是因為寒冷。那個對著右手食指說悄悄說話的小男孩，沒有盡頭的走道，那對站在血淹電梯門前的雙胞胎，鏡頭掃過白雪皚皚的森林。可能是一種與我哥一起置身特殊處境的感覺吧。我把飲料箱拖上樓，從坐在吧台後的他旁邊走過，把飲料全部拿出來，他睫毛眨都沒眨一下。

我隨口說，你能不能啟動一下洗碗機？

他說，馬上。

他根本沒在聽，完全心不在焉。他像趴在一口深井前，俯身對著他的手機，粗大的食指在鍵盤上滑行。手機振動著，聽起來像一把壞掉的電動刮鬍刀。

他說，她寫到，我應該下地獄。

我說，沙夏，把手機丟出窗外，把它丟了不就得了。

我走開，下樓，回到大陽台上，接受客人點菜。客人飢渴交迫，點了又點，點了比他們能喝能吃的東西還要多，他們毫無節制，坐在美麗的景色前，好似這是他們最後一次欣賞這幅美景。帆船、雙體船、報廢的釣褟蝦船、遊艇。被陽光漂白的跳板，淺綠色的如茵草地，堤防上一排羊兒，翻滾繼而退去的水流，在黑色繫纜柱上迎風展翅，讓風吹乾翅膀的鸕鷀。所有這一切都將再也看不到。奧堤斯會說，此乃災難降臨前的漫無節制，知道世界要滅亡了，我想，他說的大概有幾分道理吧。下班後，很少有人的臉或者舉止能讓我記住，鮮少，實際上是我從未記住過誰。

快艇船長憂心忡忡望著窗戶，我哥哥坐在窗戶後面他的高腳凳上，有些人經常上門，習慣跟他開點小玩笑。他很不客氣，毫不隱諱讓別人知道他對他們的看法，這種招數快艇船長喜歡，他們覺得很難忘。他們抬頭看他，竊竊私語，老闆怎麼啦？他不是原先那個老闆，我們一點都不喜歡他。

我聳起肩膀，再放下。

我大可說，老闆有感情方面的煩心事，但我沒這樣惡整他。

休假日去看他並幫他修剪六月玫瑰時，我們會談一談妮可。幾十年前，我哥哥房子的四周就種下了奧克拉荷馬玫瑰，這種玫瑰豔麗非常，只是從旁經過也能夠香味撲鼻。我知道這種玫瑰需要修剪，截斷枯萎的花朵，以便長出新花苞來。如果運氣好，玫瑰會開到十一月；在初春時節必須狠下心把枝梗統統剪掉，剪得愈多，一整年花朵綻放得就愈繁茂。這是奧提斯教我的。我從未向他提起，我們也可以用比喻來理解這種植物的特性，同樣，奧提斯也沒向我指出這點。

我對我哥哥的奧克拉荷馬玫瑰很在行，我繞房子一圈幫它們澆水；好久沒下雨了，花園必須澆水，我用水管澆水，直到乾硬的土壤變軟，水不再像停留在厚木板上那樣為止。然後我剪下枯萎的花朵，摘下枝上發黃的葉子。玫瑰有鮮紅、深紅、淺紅，淺色的香氣最濃。我哥哥如影隨形，跟著我從這一叢走到另一叢，嘴上說個不停。他說，他必須放開妮可，但他做不到。他想向她表明信任具有意義，他就是陪在她身邊，想當她的男友而已。

他說，我永遠都不會把她關進箱子裡。

我向玫瑰彎身，閉上眼睛，專心聞花香。丁香、油性香茅、三葉草，隱約有水芹、蜂蜜的味道。

我說，也許她從來沒被關進過箱子裡，也許她之所以告訴你，是因為她以為你希望聽到這些。

對，我哥哥說，有可能。但我為什麼想要聽一個這麼恐怖的故事？

是呀，為什麼？

當我剪完所有的玫瑰之後，我們便坐下來，坐在屋前那棵樹下，喝加牛奶的土耳其咖啡。我們並肩坐著，觀賞隨著暮色轉濃因而平添謎樣光彩的玫瑰。蚊子在頭上方飛舞，風兒靜止，夕陽灑在屋上，最後落到了屋頂後面。還要像這樣再熱上幾星期，不下雨，不會轉涼，看不見盡頭。

我哥哥說，玫瑰。

我說，天啊。

天色要等到很晚才會全黑，入夜後，花園周圍的草坪灑水器開始灑水，妮可騎著纏著一朵壓碎的蓮花的腳踏車過街而來。她摁車鈴，雖然除了她之外別無他人，她騎過花園門，下車，把車停在小路中間，從我們身邊走過，繞過房子，然後從屋後走進廚房，好像我們根本不在，彷彿這是她的房子，我們一言不發站起來，跟著她進去。

我哥哥這棟房子原本就有家具，賣房子給他的那位女士既不耐煩也沒有力氣清理東西，裝箱，帶走，或者把家具放在街上當大件垃圾收走，她把房子連帶屋內的所有物品都賣給他，他接受了這個條件。

他說，喔，沒問題。我照原樣接收。

這棟房子簡直像一座博物館，有全套上世紀的家具，為矮小的人用烏檀木打造的笨重的床，箱子，有老舊模糊鏡子的櫃子，還有幾張滿布灰塵、鑲有金色人面獅身頭像的長沙發，以及蟲蛀相框裡的褪色照片，屋內迴盪著一種冥府的氣氛。五臂燭台，來自盧克索[6]的套色版畫和吉薩金字塔，以及很多滴答作響的時鐘；我哥哥從來不給時鐘上發條，但它們仍舊滴答個不停，整棟房子裡到處飄盪著滴答、滴答滴答滴答，滴答滴，滴，答。我真受不了那些時鐘，但我哥卻不受影響，所有東西都不會影響他，他清出兩個房間，其餘的就保留原樣。他說，那些很怪異的空間居然給了他一種歸屬感。似乎他在那些空間內也有祖先，祖輩，似乎他也屬於這家族。他說，有時候他幻想著，他真的知道相片中的那些人是誰，他們何時去埃及旅行，在哪些節日一起拍了合照。

妮可愈來愈不覺得時鐘和家具有什麼不好，她覺得它們和屋裡的其他東西沒什麼兩樣，她認為，我哥哥應該為房子除晦氣，燒掉，重新蓋一間。她坐在廚房裡的桌首，立刻解開服務生襯衫的鈕扣，簡單俐落地脫下，只穿著內衣坐在那兒，她瘦得一塌糊塗，乳白色的雙峰待在胸罩罩杯裡。她的頭髮的確很奇特，金雀花般，直立而狂野，一頭美杜莎的頭髮，她把眼皮塗上金色，刷得太濃的睫毛與蒼蠅腿無異。她的側面與正面完全不同，她的臉顯得不夠成熟、徬徨無助，側面則放肆又傲慢。

她說，太陽出來了。開始吧。

自從妮可進入我哥哥的生活，他家裡就經常有薯條與可樂，認識妮可之前，他家裡從未出現過任何食物，現在，倉庫裡放了好幾箱可樂，廚房的架子上多出可以吃上好幾年的鹽以及酒醋風味的洋芋片。他驕傲又恭順地放了一包洋芋片在桌上，她挪過來然後用拳頭一敲，袋子爆開了，她還繼續敲，直到洋芋片碎成粉末，然後她把那些粉末倒進空空的手掌心，用手送進嘴裡。我哥事先給我做了功課：她之所以這麼做，是因為她只剩下幾顆牙齒。她指著掛在桌子上方邊緣的一排杯子，杯子都印上了名字，出自某個人的設想：家人都有自己的杯子。

6 埃及城市，舊稱底比斯。

她說，妳是誰？

我說，我是……希妲。

她說，好呀，等等，我就叫阿爾瑪吧。

她取下掛鉤上阿爾瑪和希妲用的杯子，幫我把可樂倒在杯子裡，也為自己倒了可樂，她為自己倒了滿滿一杯，都溢出來了。

她說，對不起，喔，該死，討厭。真的很抱歉。

我哥哥說，沒事沒事，溢出來就溢出來嘛。

他擦了一遍桌子，又擦了第二遍。

他對妮可微笑，對我微笑。

妮可優雅地拿起杯子狀似向我敬酒，她說，乾杯，希妲。

她像個孩子似地喝，咕嚕咕嚕大口喝下，打嗝，放開手任杯子掉落，再用她高跟鞋的後跟把碎片掃到椅子下面，最後滿意地嘆了口氣說，阿爾瑪已經喝完了。接下來她從她印著凱蒂貓的袋子拿出一些東西，口琴盒、香菸、香草味道的護唇膏、覆盆子糖果，她的手機，以及一副玩貓捉老鼠的紙牌。紙牌用繫包裹的繩子綁著，已經磨損得很厲害了，紙莎草做成的卡片，看起來像曾經浸泡在水裡。卡片的角都變圓，而且起毛了，原本的紅色不復鮮豔。妮可一臉肅穆，小心翼翼的洗牌，然後發牌，每人十五張牌。我很不想去碰那些牌，我覺得一旦碰了恐怕要觸電，會產生很細微的針刺痛感，卡片輕輕振動，具有令人不舒服的能量。我把紙牌放在我面前的桌上，用食指尖推來推去。

我哥哥看起來像聽明白了妮可希望我們遵守的玩牌規則，這套規則和貓捉老鼠一點關連也沒有，我們毫無規則可言的互相傳牌，把排疊起來再放到一邊，我們數著數著，先依照順時鐘方向輪流，然後逆時鐘。我們玩我們正在玩的牌。

偶爾我哥會對我說，妳必須放棄妳的四連牌，真的。妳必須注意小丑牌，妳偶爾也得看看我們在做什麼。

我說，好。

我說，對不起，我沒完全搞懂。

妮可沒警告我，她像老處女般坐得很直，手上的牌像一把扇子，一邊吮著覆盆子口味糖果，偶爾低頭看我哥哥一下，眼神很嚴肅，而且奇特地含有類似母愛的東西。

她說，你撒謊，你一張嘴我就知道。

然後她繼續看她的牌，她說，我暫時不會再出牌了，她送出飛吻，優雅地把牌攤在面前，每一局都贏。

她說，哎，我贏了，你們輸了。就這樣啦。

她把牌收起來，用指甲敲木桌，她把牌都疊起來，用繩子纏繞，再放回她的袋子裡。她走到我身邊，冰涼而白皙的肩膀倚著我，用手機幫我倆拍照，她身上有蜜粉、覆盆子、洋芋片的味道，以及菸味。我想，她恐怕一時間沒搞清楚，她都可以當我女兒了，我想，她當然不知道有安這個人。

她讓我看照片。她下載了一個程式，所以我們看起來不像原本的樣子，我們的耳朵上覆蓋著白色毛皮，眼睛像外星人，頭的四周飄著螺紋型花飾。

她溫柔的說，希妲和我。

她對我哥說，幫你照相沒有意義。

我哥哥說，妳在拖車裡也拍這樣的照片嗎？也拍妳自己和拖車裡的人嗎？我能不能看看那張照片？

她說，不行。

我哥哥說，為什麼不行？妳為什麼不拿給我看，妳為什麼不告訴我，妳在拖車裡做什麼？

她說，別煩我。

他說，下次我開車送妳過去時，會提醒妳這件事。

妮可發出呻吟，開始拉扯她的頭髮，彷彿那些是雜草。她雙手摀住耳朵，嘴巴和眼睛張的大大的。看起來與孟克《吶喊》那幅畫中的人一模一樣。

我說，別理她吧，拜託讓她清靜一會兒。

她繼續保持這個樣子良久，雙手摀住耳朵，嘴巴張開，直到她確定我哥哥聽懂她的意思為止。她僅有的幾顆牙齒是鑲了黑玉的珍珠。她打開口琴盒，無語地讓我看裡頭存放的一隻完整的青蛙骨骸，又闔上盒子，嘲弄又意會地點頭。然後她在爐子前的角落跳舞。播放鄉村歌曲，背對我們跳舞，她彎起手臂，雙手交疊在脖頸上，慵懶地扭動她平坦的臀。

我哥哥盯著她，開了一瓶又一瓶啤酒，菸一根接一根抽，一邊跟著唱：

跟我來，擺脫這一切
翻山越嶺，行經閃閃發亮的瀑布
晚上只會聽到北美夜鶯的聲音
以及板栗丘的蟋蟀聲[7]。

他指著妮可，好像擔心我沒看見她，唯恐她的形體從我身邊悄悄溜走似的。他指著她，彷彿她是他創造的產物。她覺得他應該下地獄，我一點也不訝異。

他彎過身子對著我說，在這樣的晚上，我想像著，這間廚房是一間核彈避難所，外面的世界滅亡了，只剩下我們，妮可與我。板栗丘上就只有我們兩個人，我無法形容，光是這麼想像就讓我快樂無比。

我一句話也沒說，拿起玫瑰花剪，洗淨希妲的杯子，掛回它的鉤子上。希妲是誰，現在又在何處？

我說，我閃人了。

我哥重複我的話，我閃人了。說真格的，妳從什麼時候開始這麼說話的？咪咪也這樣說話嗎？

我說，也是，對。

7 美國創作歌手強尼・凱許（Johnny Cash）的歌曲〈板栗丘〉（Chinky Pin Hill）。

他說，「也是」是什麼意思？

接下來他打量我，其實是今天第一次正眼看我。他眨眨眼睛。

妳就在這裡過夜吧，樓上，樓上多的是床鋪，可以找一張床睡覺。希妲的床，阿爾瑪的床。

我想像著睡在樓上是什麼樣子。躺在一張床上，找一床潮濕的毯子蓋上，側耳傾聽樓下廚房裡的妮可像孔雀那樣發出尖銳刺耳的聲音？我想像著回去的路：深夜的街道，闃靜的房子，我房間窗戶前的黑水。

我說，謝謝，但我比較想回家，我要睡覺，你也要睡覺。

回家，我哥哥拖長聲音說，回家，聽起來好那個呀。

非常普通，聽起來再普通也不過。

妳在這裡有家或者像家之類的感覺嗎？我是說外面，在低地上的那間房子裡。

我說，要是我有呢？

我向妮可道晚安，但她沒聽見，或者她沒回應。她在爐邊的角落跳舞，手機舉高過頭，邊跳舞邊錄影，當我哥哥小心地想進入畫面時，她放下手機說，哦，拜託，拜託。別讓這段影片出洋相了，老傢伙。

我走出廚房進入花園，關上身後的門。今夜很暖和，村裡的街燈已熄滅，大家都睡了，天空好遼闊，滿天星斗。出了村子後我沿著暗黑的公路走著，平原上零星的農莊顯得格外沉重。這個世界是我的世界，因為我此刻就在這裡，僅此而已。也許我想把這個答案告訴我哥。壕溝又乾又硬，長滿了黑莓灌木叢，夜行動物在矮樹籬裡發出窸窣聲，蟬兒唧唧叫。田野聞起來有鐘穗花和紫花苜蓿的苦澀味，還有廄肥以及熱焦油的味道，一望無際，無比廣闊。牧場上的馬匹併排站立，頭兒垂下打著響鼻。河上的橋欄杆閃爍著白光，河水靜止不動，一縷寒意彷如一抹投過去的影子。我覺得，過橋、渡河深具意義，彷彿對岸的土地是另一個國度。咪咪家的燈是這附近唯一的光。咪咪還沒睡，我從街上看進她低矮的窗戶，她穿著內衣坐在沙發椅上，綁得很高的頭髮裡插了一支木匠用的鉛筆，看起來不在乎有人看見窗戶裡她的模樣。桌上有一瓶葡萄酒，一旁有一杯半滿的杯子。咪咪捏著放在她腿上的東西，是一塊陶土。她好專心，心無旁騖沒察覺我站在外面，定睛瞧著她；我沒打擾她，雖然我很想和她喝杯酒。很想告訴她，我哥想像著他和妮可在核彈避難所裡的情景，我很想知道咪咪會怎麼說，怎麼想。

繼續走向我的房子，打開門，停下來聽走道上有沒有聲音。想知道那隻動物是否在屋內；我不在時有沒有人來過，任何一個人，我說不出來我想到了誰，以及為什麼有這個想法。

安。

奧提斯。

亞里德？

晚上那隻動物在外頭活動，或許牠聽見我了，一動也不動，像我一樣豎起耳朵，或許牠已經掉進陷阱好幾個鐘頭，畏縮成一團。我打開廚房的燈，驚醒了兩隻大飛蛾，牠們朝燈飛過去，在天花板上拍著翅膀。

我接了一杯自來水喝下去。

我寫道，親愛的奧提斯，妮可隨身帶著一隻青蛙的骨骸，放在一個襯著綠色天鵝絨的口琴盒裡。還想問嗎？我現在要去睡了，夜已深，低地後面的潮水已經漲到堤防邊了。

*

我休假時，咪咪若要去游泳就會帶我去。她強迫我一起去。用她專屬的方式，以手掌拍打我廚房的窗戶，一邊埋怨一邊高舉打開的潮汐時間表，她喊著，漲潮囉！帶上泳裝和浴巾！潮水不會等妳，但我會，我等妳，然後她不耐煩地騎著她那輛可怕的腳踏車在我的房子前繞了一圈又一圈。咪咪深信海泳是一帖靈丹妙藥，能延年益壽，讓我們快樂，是天賜的禮物。

我們騎車過了河，沿著蜿蜒的公路來到村莊，再穿過村子。村中廣場的人群雜沓，炎熱，瀰漫著棉花糖以及杏仁糖的味道，人們茫茫然走過一間又一間紀念品店，坐在噴泉旁吃冰淇淋，在療養地花園裡茂密的樹下打起瞌睡，他們站在隊伍中，希望排到酒吧裡的一個座位。一個小型銅管樂隊在音樂廳演奏，幾位樂手暫時借住在海灘盡頭的幾間木板屋裡，他們的樂器在陽光照耀下閃閃發亮，他們漫不經心演奏著，完全心不在焉。這個地方簡直可怕極了，我哥能在這裡待這麼久，而且還要繼續待下去，堪稱奇蹟。咪咪騎在我前面，她的單車搖搖晃晃，吱嘎作響，人們放下蛋糕叉，戴上太陽眼鏡盯著她瞧，他們也盯著我看。我知道，其中有些人認得我，我聽得見有人說，那不是老闆那間酒吧的服務生嗎？那邊那個，腳踏車上的那位。不對，不是那個高個子，另一個才是。沒有人知道我是老闆的妹妹，我哥不希望別人知道我們是兄妹，因為他認為，這樣顯得他比較老，我不希望別人知道我幫我哥做事，我就是不想和任何人有關聯。我無視人們的眼光，跟在咪咪後面騎，問自己，我們到底看起來是什麼樣子？我們沒穿鞋子，我們的單車不是租來的，咪咪像喝醉酒似的歪坐在坐墊上，她的裙子往上翻，露出了大腿，她騎過村莊廣場，這裡她是老大。人們跌跌撞撞躲到一旁，驚愕中為我們清出了街道。到了港口，我們推車上堤防，隨便把兩輛單車並排停放，從行李架拿起籃子，跑上防波堤。位於港口區另一邊的貝殼酒吧生意興隆，我看得見我哥哥端著有酒杯和瓶子的托盤，小心翼翼地在下樓梯時保持平衡，我不打算驚動他。咪咪在我前面快速走著，她恨不得立刻下水。她從防波堤那裡進入港口區游泳，她說，她還是個孩子時就在海港游泳了，外海對她來說太淺了，你得涉水一刻鐘，漲潮的水才會升到膝蓋窩。咪咪不喜歡，她非潛水不可，如魚得水。

防波堤那裡有一條木頭樓梯直通海水，以前一到了冬天就拆掉，夏季開始時又裝回去，這兩年的冬天沒人把它拆掉，冬季風暴和潮水不斷將它淹沒，它都挺過了。咪咪認為，樓梯再也沒人管了，這些東西不再引起人們興趣，實在很糟糕。

只有我們兩個在海港內游泳，雖然已是炎熱的初夏，水卻依舊冰冷，銹褐色的水中夾帶不少泥沙，帆船經過防波堤駛向外海，油船和軍艦交叉而過。退潮時的吸力很強，你得是個善游的人才行，你需要體力。咪咪拉開裙子的搭鉤，把襯衫拉過頭頂脫下，再不耐煩地脫下內衣褲，她脫衣服的樣子，彷彿大海是她的情人。她一般都是裸泳，衣物塞進籃子裡，頭髮紮起來，踏著重重的步伐下階梯，一點兒也不遲疑，片刻不曾停頓一下就走進海水。她並未先往肩膀和胸前潑水，大氣不喘，沒有屏氣凝神，就是立刻直接走進水中。這是她奶奶教她的。她的奶奶也在十二月與元月去游泳，然後就著隨身酒瓶喝烈酒，讓風吹乾身體，她教會咪咪如何抵抗寒冷。我想，咪咪的奶奶若是看到她這樣應該頗以她為榮。有時候人們來到防波堤上，站在階梯上，好像咪咪是馬戲團中的一個亮點。他們難以置信，有人能在鹹鹹的海水中，在如此的水溫下游泳。水溫鮮少超過二十度，如果超過二十度，咪咪堅稱，她游著游著就覺得水溫太高了。

她游泳時像女王，頭浮出水面，閉著眼睛迎著陽光，她稱這是「沐浴在光中」。沒有人敢呼叫她，打攪她。

她沿著防波堤游，游到海港外，游得很遠，有時幾乎看不見她的頭。她在海港外游了一圈又一圈，她熟門熟路，沒有游過淺灘中的潮路，因為潮路的吸力不會放過她；她說，每次都有東西叫她游出去，但她能堅持住，不讓自己受誘惑。二十分鐘過後她回來了。她游得比較慢，抓著階梯底部的欄杆，仰面躺下，任由水流牽引，然後從水中站起來。大口呼吸，像條狗似的甩動身子，她的裸體豐滿而美麗，全身上下都很厚實，她的胸脯、她的臀部、她裸露的圓肩上長滿了雀斑。她濕漉漉的足跡很快就消失了。

她說，妙不可言，不可思議。

她用浴巾把自己包起來，坐在我旁邊，在她的籃子裡翻找巧克力和杏子，遞一顆杏子給我。

妳不下水嗎？

要啊，待會兒。

咪咪講防波堤上水妖的故事給我聽，在她游泳過後，大概是在海港外和游泳時忽然想起這個故事。女妖是這地區徽章上的圖騰，一個馴化的女孩，頭髮編成辮子，左手防護性的放在胸上，右手舉起宣誓。兩百年前，她落入了漁夫的網中，漁夫把她帶回陸地，玷汙了她，然後放她回海裡，十八世紀最後一次海嘯就是這位女妖的復仇行動，故事差不多是這樣。

太奇怪了，我說，為什麼這條美人魚是這地區徽章上的圖騰呢？

女妖，咪咪說，叫她女妖。美人魚需要救贖，女妖不需要。

我婉拒了杏子，我說，好吧。太奇怪了，為什麼女妖是本地徽章上的圖騰？

因為她屬於這裡，咪咪說，她看著我，好似我這個人已經沒救了。因為她的故事就在這裡發生的呀，妳可曾聽過這地區的故事？妳知道為什麼這裡的人是這個樣子嗎？妳究竟知不知道，妳在哪裡？

我說，天啊，咪咪。我不想留在這裡，我不想在這裡扎根。

她說，不想嗎？妳不想喔？啊哈。

她靜默了下去，從籃子裡拿出一瓶防曬乳液，很實在地在肩膀和臉頰上塗來抹去，她把防曬乳液揉搓到臉上，好像那乳液是她的小孩。她把瓶子遞給我，我模仿她的方法。取悅她。她期待我這麼做，她看著我搽。

妳的耳朵，妳忘了搽妳的耳朵。

最後她說，妳想知道水妖的故事後來到底怎麼樣了嗎？

我說，當然。

她說，好，我很高興妳想知道。

她咬了一口杏子，用被咬過的果實指著海水，海港外的海水呈藍灰色，鈍鈍的，水道邊上的浮球是精描細畫的掃帚，漂得好遠，消失了，離開了。

這個女妖在布勞爾巴列[8]落入了漁夫的網中，就在漲潮時水道內的沼澤地。漁夫把她拉上船，帶回陸地。一個年輕的水妖，其實是一個女孩，青綠色的鱗片有金色的邊緣，雪花石膏般的肌膚，一頭海藻綠的長髮，華麗的模樣堪稱同類中所罕見。他們把她帶回陸地，拖進他們的小屋關起來，虐待她，日以繼夜折磨她。

我說，哇！

咪咪說，對。妳可以想像一下，他們如何折磨女妖。

我說，我可不想去想像。

她說，那就讓我來告訴妳吧。他們把她的鱗一片一片刮下來，強暴她、打她、踢她。整套的來，然後再從頭開始。他們這輩子從未看過像女妖這樣奇妙

8 Blaue Balje，北海東南方出海口的一個潮汐侵蝕形成的水流通道。

的東西，除了毀壞之外，他們想不到別的法子。他們壞事幹盡之後又把她拖回船上，把船開出海，把她從甲板上扔出去，就在抓到她的地方把她扔回海裡。

咪咪吁了一口氣，讓這口氣暫停片刻，她小心翼翼把杏核吐到手掌上再好生觀察。

她說，他們犯了一個錯誤。如果他們草草把她埋在他們隨便哪個爐灶下，就像他們通常會做的那樣，也許後來的發展就完全不一樣了。但他們想擺脫她，他們又擔心又覺得羞愧，他們想，最好把水妖送回她的原生地。

然後呢？

然後，這片土地充斥著白色的海鷗，咪咪語帶威脅的說。隔天早晨這片土地到處都是白色海鷗，成千上萬隻，今天妳在暴風雨時看到的海鷗，就是那時遺留下來的。海鷗棲息在田野以及鹽沼上，一動也不動，牠們在等待。潮水打上來，到了晚上風吹過來，天色愈暗風愈大。月亮升起，潮水沒有退去，反而升了上來，午夜時分打到了防波堤上，超過了從前人們稱為防波堤的地方，打上了他們用泥土、稻草、死掉動物砌成的矮小牆上。漲潮使得長達數公里的土地淹沒在水中。風暴肆虐了整整三天三夜，大水把那些卑鄙的傢伙撕成碎片，摧毀了他們擁有的一切，把所有東西破壞殆盡。

咪咪說，這就是那則傳說，就是這個故事。我講給妳聽，因為妳問我，我在忙什麼。

我不記得我問過咪咪她在忙什麼，可能是我曾經想過要問她這個問題吧。問她晚上坐在窗邊的椅子上，手上拿著一個陶土時，捏的是什麼。

妳覺得這故事似曾相識嗎？

我說，沒有呢，怎麼了嗎？

我的天，咪咪說。妳不覺得這個故事有點熟悉嗎？這是一個女性主義的故事，妳為什麼不覺得似曾相識？老掉牙又乏味，是這世界上最古老的故事。女性，被奴役、受苦、失去自由以及被虐待的女性。

我說，我不知道妳是什麼意思？

對，咪咪說，這我也不知道呢。我很希望在畫布上重現這位女妖，當我手上拿個一塊陶土時，捕捉到了她的特質，我能將她那些特質描繪出來嗎？反擊，憤怒，所有這一切。

她頭一偏斜睇我，我別過臉去。

她說，妳究竟有沒有反擊過？

應該沒有，可能吧，我大概沒有需要反擊的理由。

咪咪說，欸，妳在這裡游泳時它會不請自來。在水裡，不管妳願不願意，它會感染妳。

我說，妳的意思是我需要這種經驗？

咪咪笑了，這是什麼問題呀？哎，真的。妳永遠會嫌不夠多呢，妳不認為嗎？

我站起來，脫衣服然後穿上泳衣。我小心地走下階梯，直到水深及胸，把水潑上肩膀與胸膛，最後潑臉。一開始咪咪給了我一些氣惱的提示：別一直傻楞站在那裡，立刻走進水裡，別猶豫，直接開始游，別那麼弱不禁風。說到某個時候她停了下來，不再管我。水冷得嚇人，帶著海藻以及泥沙味。我深呼吸，潛入水中，把自己從階梯踢開，張開眼睛游起來。遙遠的天邊有海鷗隨著上升氣流盤旋，傾斜著身子，暫停、滑翔而下。陽光反射在水面，在我的手中散開。咪咪不知道，其實我最近害怕在深水中游泳，之前我從未畏懼過深水，我猜，這應該多少與安有關，與她搬出去住，她離開了奧堤斯與我有關。如果少了安讓我覺得少了安全感，那麼少了奧堤斯也會讓我少了安全感。我只能沿著堤道游泳，游到盡頭再折返，有時我有種感覺，我突然不會游泳了，我無法協調動作；若我陷入恐慌，可以站在堤道的石柱腳上。我沒有恐慌，但我游得比咪咪差多了，我想告訴自己，恐懼感又消失了，這是可以改變的，幾乎所有的事都是如此。

我們在堤道上待了半小時，把浴巾打開，躺在上面並閉上眼睛。陽光好耀眼，水打上來，漫過了階梯，打溼了我們裸露的腳，又退回去，撤退。沒有風，船隻的帆和索具輕輕地碰撞，坐在貝殼酒吧大陽台上的客人在好遠好遠的地方說著話。

生活正在放慢節奏，妳不覺得嗎？咪咪說。我覺得會愈來愈慢，愈來愈慢。某種程度上讓人感到不舒服，但妳有時間理解自己擁有哪些東西，想像一下。然後妳會知道，妳需要的是什麼，又能放棄哪些。

她說，妳知道我的意思嗎？

我說，知道，也許吧。我需要好好想一想。

我們伸展四肢，兩人同時趴下來，好一會兒都沒說話。看起來像是我們一無所有，或者，像我倆為各自留住我們擁有的東西。我不知道咪咪在想什麼，也不清楚自己在想什麼。當我再度睜開眼睛時，咪咪雙手托著臉，嚴肅又迷離的觀察我，近似於溫柔，然後她斷然站起身來，說，好。看起來妳很自由，或者諸如此類。妳沒有虧欠任何人。還是我搞錯了？

繫纜柱上的鸕鶿展開翅膀，奮力打開，咪咪輕蔑地說，像神祇，我們應該膜拜牠們，她拍起手來，鸕鶿高飛，在我們上方盤旋。我沒回答她的問題，她也不指望得到答案。她站起來，於是我們穿上衣服，收拾好東西，把腳踏車推回沙灘，再推上防波堤。我的眼角餘光瞥見我哥哥看見我們了，他朝我們揮手，但我佯裝沒瞧見他。我休假，我知道他想說服我代班一小時，然後三個小時不會回來。我們爬上堤岸，不去貝殼酒吧。咪咪說，去找我的父母，喝杯茶。

安珂與歐諾住在養老地，無論情況如何，在咪咪家，老一輩把農莊交給年輕人後，就會搬進那棟房子裡。房子位於防波堤正後方，如果海水上升導致防波堤破裂，房子就會不見。小蘗灌木叢與鬱鬱蔥蔥的醉魚草屬圍繞著房子，有幾個房間，一間明亮的廚房，一座寬廣的花園，沒有種植食用植物的菜畦，但在一張架得很低的網子下養了帶著珍珠灰與黑色斑點的雞。咪咪和亞里德小時候，安珂在偌大的農莊裡接待夏季的客人與幫工，農莊上總是有陌生人。陌生人坐在廚房裡，與這家人一起吃早餐，晚上也一起吃飯。有一位幫工會彈鋼琴，安珂把他從田裡叫回來，付錢給他彈鋼琴，彈拉赫曼尼諾夫，一直彈到夜深。咪咪講故事的這種方式，是要我有勇氣去她父母家作客，她以為我會害羞，但我並不會。探望安珂與歐諾很愉快，他們心不在焉、心閒氣定、友善。我們在大陽台上喝茶，我們剛游過泳所以飢腸轆轆，喝茶時還配上抹了奶油的葡萄乾麵包，有時候吃塗果醬的黑麵包，有時吃蛋糕。歐諾有一間溫室，根據咪咪的說法，他在裡頭栽種已經絕種的植物，他總是帶著茶回溫室，隔著玻璃對我們揮手，然後俯身面向裝滿泥土的盆子；坐下來的他，一望即知是亞里德的父親，只不過更加溫柔，被年歲磨出來的溫柔。安珂靠著大陽台的牆而坐，挺直了背，雙手交疊放在腿上。她高大且嚴肅，她經營農莊，歐諾耕作，其他事他不管。我們喝茶時她盯著看，也用同樣的專注力注視有珍珠灰斑點的雞隻在塵土中啄來啄去。

是呀，好熱，安珂說。對誰來說都太熱了，連雞都覺得熱，我很好奇，歐諾在溫室裡怎麼受得了，他到底為了什麼非要坐在那裡面不可？

咪咪說，爸爸需要距離。

啊哈，安珂說，是這樣嗎？

她從不問我任何問題，我十分確定她記得我哥哥，而且記得很清楚，記得為他把早餐送到床前，記得他孩子氣的驕傲自大，他不會餵豬。這些她隻字不提，猜想她應該很高興，因為她女兒對我哥哥的看法總算略微不同了。我們三個側耳傾聽海水打上防波堤的聲音，聽見長浪，聽見遠處水邊驚濤裂岸的嘩嘩聲。有時候我們聊到好久沒下雨了，有時候安珂向咪咪問起亞里德，據我所知，雖然情況改變了，她仍舊沒再去過農莊。每當咪咪說起與亞里德有關的事情，安珂的眼角餘光打量著我。我們告辭時她與我握手，她握手很用力，雙手非比尋常的柔軟。

我想，咪咪在回家的路上說，水妖是個陌生人，她來自他方，長得和其他人不一樣。她不會說他們的語言，令他們害怕。他們將她關起來，強暴並殺死了她，後來怪罪她帶來了瘟疫、海嘯以及災難。我這麼想，但我並不真的很想知道。該怎麼樣，就怎麼樣。我的腳踏車吱吱嘎嘎，響得厲害，妳有沒有注意到？妳都沒注意到嗎？我得找出車油，一定要做點什麼讓它不再這麼響下去。

我說，妮可不會游泳。我哥哥的女友，我想，她不會游泳。

咪咪說，那個瘋女人呀。那個錯亂的精神病，踩著高跟鞋，身穿查爾斯·曼森夾克，一頭亂髮，足蹬在TK Maxx折扣商場買來的細高跟鞋；那個用力踢停車場計時器，看看會不會有錢掉出來的人，她也是女妖，妳不認為嗎？她應該趕快學會游泳，妳哥哥可以教她，免得為時已晚。

我想，我哥是最不可能教妮可游泳的人了。游泳是訓練，咪咪應該教妮可游泳，但咪咪顯然有更好的計畫。

咪咪說，妳有沒有亞里德的消息？

她說的好像是別人與另外一個人的事情似的。

我說，沒有，我沒有。妳呢？

她沒回答，對我眨眨眼，然後踩著踏板，吹口哨，騎車離我而去。我目送她離去，她直挺挺地坐在坐墊上，騎得好快。燕子跟在她後面呢喃，如同縫線般交叉飛過。她黃色的裙子在曬乾的草地和荒蕪的田野上發出微光，她都騎遠了我還能看見她，這片土地很平坦，來來去去一覽無遺。

這天晚上我用Skype打電話給安，這是好幾個月以來的第一次，自從我搬進低地上的這間房子以來的第一次。她最近一次從平原捎來訊息已是好幾個星期前的事了，我不知道她現在人在哪裡。我教會了安游泳，在她學會其他本事之前就已經會游泳了，而且游得很好，她有壯實的肩膀，強勁的胸部拉力，她的手可以不停地游動，而且還能逆流游泳，游累時就折返，我很想把這些告訴咪咪。但是安不在線上，她太忙了。我也不很確定想要和她說什麼，通常我打過去是因為突如其來、沒來由地感到虛弱，一種類似身體上的虛弱，我必須習慣沒有她在身邊，學著在沒有她的情況下過日子，並且別老想著她，我想，一旦我學會了，就不怕在深水裡游泳了。我只是很想聽聽她的聲音，一下就好；我很想知道她在哪裡，過得好不好。

＊

我騙了咪咪，我有一些亞里德的消息。他打過電話給我，並邀請我一起用餐，基於某種理由我瞞著她沒說。他請我去他家，我說，我欣然赴約。黃昏之際我就動身了，沒選第一次和咪咪去農莊時走的田野小路，沿著公路騎單車，還沒到達農莊，老遠就聞得到味道。肥料、豬隻、圓筒穀倉內的廄肥、青貯飼料、甘草，一排高大的白楊樹映入眼簾，那棟房子的三角牆，屋後是壯觀的穀倉，豬圈平坦、沒有窗戶的棚屋。亞里德站在街上，胳膊下夾著東西，他撿起什麼東西，有些掉在地上，他消失在排水溝裡，重新出現時嘴上咒罵著。

漢堡以及大麥克的包裝袋。

保麗龍餐盒、裝洋芋片的袋子。

壓扁的咖啡杯、塑膠瓶、啤酒罐，是他撿起來的東西。

我下了腳踏車。

他從我身邊走過，一副我根本不在那裡的樣子，帶著那些垃圾消失在穀倉裡，我聽到垃圾桶的蓋子打開又關上，然後他走了出來。他拾起最後一個快樂餐的袋子，用力抹了抹嘴巴，站在我前面，一臉高深莫測的看著我，片刻之後他說，有人從汽車窗戶丟出垃圾。開車兜風，吃垃圾食物，丟棄裝著他們垃圾食物的垃圾，直接從窗戶扔出去。下次誰要是讓我逮到了，非殺了他不可。

我沒有非要亞里德請我吃飯的意思，但這會兒看起來卻好像是這樣，於是我考慮掉頭離去，騎車回家；但我卻推著車跟在他後面進入穀倉，他關上了穀倉的門。沒有人知道我在這裡，也許應該讓別人知道我人在這裡。他平靜的牽起我的手，帶我沿著豬圈外圍走過進入屋子。

他說，脫下鞋子。

那隻小巧的黑貓不見蹤影。

亞里德還沒做飯，他想和我一起下廚，把我帶進廚房旁的一個房間裡，這個房間以前大概是存放供農莊、家庭、僕役以及客人使用的存貨的地方。牆邊的架子布滿灰塵，角落有一個冰櫃，亞里德打開冰櫃讓我看他買了些什麼，他挑了冷凍的白花椰菜、豌豆、豆子，以及預製的煎肉排。冰櫃裡還有裹上麵包粉的魚和雞腿，紙盒裝的菠菜塊。他拿出那些盒子，舉高並搖晃，再扔回櫃子裡，好像那些東西沒有重量似的。我不禁想起我哥，我理解他想表達的關於核彈避難所的想法，我和亞里德的處境類似，我們碰巧共同但也獨自置身一個陌生星球上。

那，亞里德說，妳想吃什麼？

他搖晃著一個裡頭裝有漿果的紙盒，冰櫃發出來的乾燥寒氣以及海平面下的光線讓我無法承受；我知道奧堤斯會怎麼說這些庫存。腐爛與衰敗。

亞里德靠著冰櫃邊緣凝視裡面，然後看著我。

妳看起來氣色很好。

我說，白花椰菜，配上一小塊煎肉排，也許再來些馬鈴薯，真的，真正的馬鈴薯。我可以削馬鈴薯皮。

亞里德很神奇地找到了馬鈴薯，還找到一把削皮刀。我們把東西都搬到廚房，我坐在桌旁削馬鈴薯皮，而他接水到煮白花椰菜的鍋子裡，並且把煎肉排的平底鍋拿出來，看得出來，他認為等馬鈴薯煮熟太浪費時間了。倒不是因為他餓了，而是一些別的理由，與他內心不安有關。所以，我們為了打發時間而必須說話，隨便說什麼。我帶了一瓶葡萄酒來，我說，你要不要開酒？

他說，我不喝葡萄酒。

我說，喔，但我喝呀。我喝葡萄酒，一個人也能把這瓶酒喝完。

他弄來一個木塞螺旋鑽，很不熟練的為我拔出瓶子的軟木塞，然後我一邊削馬鈴薯皮，一邊用一個原本裝芥末醬的玻璃杯喝了第一口酒。同時觀看他攪拌燒開的水，把平底鍋放在爐子上，旋而拿下來，他的重心從右腳挪到左腳，又挪至右腳。他的兩手手指交叉扶在頸項上，長長吐了一口氣。

我說，你可以擺桌子了，我們可以擺桌子了。

一開始奧堤斯和我總是共用一個盤子吃飯，最初的那段時光。我倆分不開，說什麼都無法離開對方，用兩個盤子吃飯是不可能的，所以奧堤斯放一個盤子在桌上，我們並排而坐，吃用亞麻籽油烹調，撒上一些灰色粗鹽的馬鈴薯和甜菜根。我記不得什麼時候開始改變，應該和安有關，有一天桌上放了兩個盤子，兩個盤子中間有一個塑膠製的兒童專用深盤子，後來換成一個底部印著長頸鹿和數字的盤子。有一天就變成了三個同樣大小的盤子，鑲著白藍色的邊，然後到了安只吃裝在紙盒裡中式炒麵，站著用筷子吃的日子，她說，我得馬上出門，我愛你們，我看著她倚著冰箱，左手拿著盒子，右手拿筷子捲起麵條，狼吞虎嚥，心不在焉，魂被什麼給勾走了，直到現在我還能聽到筷子在盒子底部刮來刮去的聲音。安赤著腳，腳底染上了城裡青草的髒綠色，赤裸的腿上滿是蚊子叮過的痕跡，抓破皮了，模樣美麗。她的雙手，關節纏繞著絲帶與繩索，好多條鍊子，她一頭亂髮，銀耳環，布袋裡的捲菸器，螢幕壞了的手機，那個手機響個不停，她走過去接起來說，嗨，杜德，接著說，我和我媽坐在廚房裡呢，稍晚回你電話，還有她笑起來的樣子。她左邊的太陽穴上有條疤痕，右眼皮總有點下垂，睫毛濃密但異常筆直，她回應我的目光，收回注視，鎮定地打起哈欠。她任餐盒及發黏的筷子在桌上或立或躺，廚房裡連著幾天飄散著中國炒麵的味道。最後她走了，奧堤斯與我有段時間吃飯時各有各的盤子，面對面而坐，安靜的時候居多，然後我就搬出去了。奧堤斯一個人吃飯時不再需要盤子，麵包乾配茶，吃住在島嶼上、環狀珊瑚礁的人，以船為家的人的食物。我知道這維持不了多久，過不了多久他就再也不碰麵包乾，再也不喝茶了。喝水。若非我二十年前曾經與奧堤斯共用一個盤子吃飯，看到亞里德此際擺桌子的樣子，肯定會受不了。這件事與那件事有關，之所以有關，是因為牽扯出另外一件事情。我想寫信給奧堤斯，告訴他，事物的情況就是這樣，你知道的，這並不悲傷。

亞里德放了兩個盤子在桌上，從他擺放盤子的位置看來，他坐桌首，而我坐於一側，就在他的旁邊。彷彿有許多人在這間廚房裡一起吃飯，同桌用餐是一百年前的事了。他從冰箱拿出一瓶啤酒，臉上漸露欣喜，很小心的，不一定是我的緣故，而是有人陪伴，也是因為一塊兒吃飯這個主意讓他開心。

他說，妳可以吃肉的嘛。

我說，對，如你所見。我挺喜歡吃肉，不管怎麼樣，也許今天是最後一次吃肉。

他皺了皺眉頭，決定假裝沒聽到。他要麼沒有幽默感，要麼就是害怕，或者兩者皆是。他坐下，站起來，重新入座，然後終於開始煎肉排，把白花椰菜放進滾水中，在抽屜裡找香料，除了鹽巴和胡椒之外，他沒找到其他調味品。馬鈴薯煮好了，我把它們瀝乾。他的心情非常好。

他說，其實很簡單，其實一下子就煮好了。

他給我盛了好大一盤，自己的那盤有我的兩倍之多。白花椰菜煮得太久，而且沒放肉荳蔻，還少了奶油。馬鈴薯味道不錯，煎肉排糟透了。我餓了，為自己斟了第二杯酒，我本來對吃這一餐心懷畏懼，現在差不多快吃完了，我熬過來了。一切順利，過程令人驚訝的自然，顯然，我倆都覺得談特定的事情沒有意義。去穀倉，建立起連繫。我們順其自然。我們聽得到豬隻的嚎叫，這樣大概也就夠了吧。

亞里德吃光了所有食物，然後輕輕鬆鬆收拾乾淨。他的每一個動作都帶著點粗魯、不太耐煩，他把碗碟掃進洗碗機，居然沒破，堪稱奇蹟，然後用力關上。他把所有東西都清乾淨，包括鹽，擦了兩遍桌子，然後想了一下，還有沒有什麼可以收起來的東西。他從冰箱再拿出一瓶啤酒，從襯衫口袋掏出香菸，把菸灰缸放在桌上。他走開，帶了一疊相簿回來放在我面前，看起來他為我的來訪做了準備。我從那疊相簿中抽出一本來，打開，我想到妮可，她抽出一張牌，翻轉，噘著嘴唇，我想到她微笑的模樣。

有一張可能是五十年前的空拍照，照片裡有這座農莊、房子和穀倉，四周遼闊的田野，街道白得像石灰，一輛藍色的小汽車停在車道上，有人在下面用花體字寫了一句話：沒有人是主人，沒有人是僕役。

亞里德小時候的照片。

亞里德和咪咪光溜溜地站在長滿蒲公英草地上的一個藍色水槽前，出生不久的山羊，雛菊編成的花環，收穫節。亞里德坐在拖拉機上，一頭金髮被太陽曬得發白。留著短瀏海的咪咪身穿一件綠色的襯衫連衣裙，亞麻短袖筒熨燙得很有型。模糊、顏色柔和的快照，棕色、深棕色以及灰色。農莊和堤防之間田野的春天景象，油菜花與小麥，秋天時黑色的耕地，冬季被雪掩蓋的厚泥塊。

雪堆前的花楸果，耶誕樹。快樂以及一籌莫展的亞里德。咪咪與亞里德看起來就像我和我哥哥一樣親密。

我一頁一頁翻過去，亞里德從香菸盒裡掏出一根香菸，在桌邊磕了磕，然後點菸。他往後躺，非常仔細的看著我翻頁，留意我看一頁要花多少時間。

他說，以前沒有這塊土地，都是沼澤，不適合居住。後來海往後退，人們勇於前進，開墾荒地，土壤很肥沃。

我等著翻下一頁。

他說，這就是他們想留下來的原因。

有一張咪咪在屋後那棵巨大歐洲山毛櫸上的照片，在較高處分叉的枝椏中，她跨坐在粗壯的樹幹上。膝蓋碰破的傷口已結痂，頭髮編成粗麻花辮，缺了門牙。那時她大概五歲，一副能征善戰的樣子。

亞里德把菸舉高，很有禮貌的避開我，煙霧往廚房的方向飄飛，消散了。

他說，那時陰森森的。沒有油菜籽或者別的，沒有任何發光的東西。泥炭和熔渣，雨下個不停。人們把死去的嬰兒埋在爐灶下，他們是野人。

我說，咪咪跟我提過這些，是呀。你們顯然很希望我知道這些事情，這些事情究竟要傳達什麼訊息給我呢？

亞里德吸了一口菸，他訝異的說，也許吧。這些事情也許要傳達某些訊息給妳，這裡可不浪漫。

我說，誰想得到呢。

妳也有這樣的相簿嗎？

我猶豫地說，大概有類似的相簿。

他說，放在哪裡？

在城裡，放在奧堤斯的檔案室裡，我丈夫的檔案室。他為了我們把那些相簿存放在他的房子裡，他為了我們的女兒保存相簿。

我們分頭說著兩件不同的事情，亞里德談起我們的童年，而我聊起安的童年；就算這引起了他的注意，他也沒說什麼。他瞇起眼睛，捻熄了香菸，雙手抱胸。他點點頭，彷彿他知道了。

我清了清嗓子，闔上相簿，從桌面推過去還給他。

我說，你偶爾也去游泳嗎？

他說，這裡或者之類的，在海裡或者之類的。不，從來沒有，我壓根兒沒想到游泳。

雖然我早就猜到了，仍然感到悲傷。我曾經想像過咪咪和亞里德一起去游泳的情景，兩個國王的孩子，我想像著，我們可以三個人結伴去游泳，我想，這是一個虔誠的願望。

那，你住過別的地方嗎？有沒有離開過這裡，去外地旅行？

亞里德堅定地搖搖頭，打開右手做了一個結束的手勢。他說，從來沒有。從來沒有離開過這裡，沒有去旅行，從來沒有在別的地方住過。也不知道這樣要幹嘛。

後來他一臉嚴肅的為我打開大壁櫥中間的那扇門，門後有一個樓梯，下五節樓梯就可進入一間黑暗的房間。那是亞里德的臥室，百葉窗放了下來，房間密封又關了起來，一個中心，一個執行複雜且個人系統的中心。一個讓像亞里德這樣的人逃離世間時感到安全的房間，我有種感覺，除他之外，我是第一個走進這房間的人。

牆邊放了一張大床，整齊得像士兵鋪過的，床腳有一架電視機殘骸，角落裡有一個衣帽架，僅此而已。床單被褥是亞里德幼年時用過的，上頭有藍黃相間的星星，一個可愛的月亮。我寬衣解帶，因為沒有椅子，所以我考慮把衣服掛在衣帽架上，最後我把衣服都堆在地上。我躺上床，床單涼涼的，有肥皂和肌膚的味道。我聽見亞里德在浴室裡，所有的聲響都透露出鮮明的男性以及私密的意味，表達出滿意與占有。我側身躺著，有點暈，我喝醉了，而且很累。

很難說我有哪些期待，我想，第一印象大多是錯的，真令人驚愕。亞里德走進房間並把門帶上，房間裡的聲音變得悶悶的，好像在錄音室裡。他一絲不掛，腹部平坦結實，生殖器官昂然挺立。他在原地站了一會兒，然後把燈關掉，籠罩在四周的黑暗讓人有置身水上的感覺。

破曉時分手機響了，亞里德立刻醒過來，睡著時他緊緊挨著我，一隻手放在我的左胸上，頭偎在我的肩胛骨之間，他嘆了口氣，掀開被子然後起床。他拿起手機，鈴聲漸漸消失了。我睜開眼睛仔細聽，屋外的風在吹，白楊樹的葉子簌簌翻飛，遠處豬隻尖銳的嚎叫聲有如一頭非常獨特的神祕動物的悲歌，這是亞里德的黎明之音。細又柔軟的光束從百葉窗的縫隙流淌進來。悲歌愈來愈大聲，徘徊不去，變得令人難以忍受，戛然而止。我躺了有半小時或者一小時那麼久，終於起床。

廚房餐桌上擺了兩人用的餐具，亞里德為我煮了三個雞蛋，又沏了一壺茶。我沒告訴他我喝茶，他不知從哪裡得知的。收音機開著，他看著報紙，打開報紙分了幾張給我。屋外的太陽已經高高掛在油菜花上，把花朵照耀得閃閃發光。我坐下，在桌邊敲開第一個蛋，對我來說這雞蛋太老了點；奧堤斯會因為早餐的蛋煮得太老而氣急敗壞。因為沒有吃到一個煮得七八分熟的蛋而自責，雞蛋想必對他意義非凡，直到我們之間結束，直到安長到十八歲，我始終弄不明白那是什麼樣的意義。突然間，對奧堤斯神經衰弱的回憶變得好清楚，如同由於捕貂陷阱而憶起魔術師那個木箱子一樣清晰，我憶起奧堤斯為他以及我的雞蛋打分數，收走兩顆蛋，重新煮蛋，相關的印象都很清晰。清晨廚房裡的餐桌，裝在木碗裡的鹽，我偶爾擁有的寧靜。星期天，數不清的星期天。安穿著睡衣，後腦杓絲綢般的秀髮因為睡覺而顯得凌亂。安坐在我的腿上，小腦袋瓜依偎著我的肩膀。

我問自己，這些東西為什麼湧上心頭？我想，也許我必須死掉，盡快死掉，在我必須死去之前，再一次把所有的事情想一遍。

我剝下蛋殼，把蛋切成片，一片片放到黑麵包上，再撒一點黃色的鹽。亞里德翻動報紙發出很大的聲音。猜想他一般都吃全熟的水煮蛋，猜想他思索著，什麼樣的蛋才適合優雅人士，那些有時間給煮蛋計時器上發條，關注無甚意義事物的人？

我想，我也許是一個不同於現在的我的人，我也可以是一個每天早晨吃下三個煮熟的雞蛋，邊吃邊看一份沒有壞消息報紙的人，我真的一直都還相信，我希望當一個什麼樣的人，並且可以當這個人，是我能夠決定的，這點令我感到驚訝。

我在桌邊敲第二顆蛋，剝殼，吃掉，在桌上把第三顆蛋滾給亞里德，他頭也不抬就接住了。

我喝完茶，短暫的握住他的一隻手，他沒有抽開，心不在焉地微笑，沒有看我。他的手掌很硬，長了老繭。我這輩子握住另外一個人的手的次數並不多，遇見奧提斯之前大概有過三、四次，之後就再也沒有了，現在出乎預料地握住他的手，感覺上彷彿我在重複一個我其實已經忘記箇中含意的動作。

我說，我得走了。

他的眼睛仍然盯著報紙，說，妳到底在這裡幹嘛？

我住在這裡，我上班，像你一樣。我在港口那邊我哥哥開的酒吧裡上班，貝殼酒吧。來找我吧，我請你喝杯啤酒。

他慢慢點頭，慢到似乎必須先把我說的話翻譯一遍。

我在穀倉與房子之間這個沒有窗戶的房間裡穿上鞋子，亞里德坐在一張報廢的沙發床上，雙手窩在兩膝之間，等待著。無法說出他心裡在想什麼，然後吸了一口氣，說，想看看嗎？

那些豬嗎？

對，那些豬。

我說，當然。

他說，那好。

他在我前面先進入豬圈的通道，陽光從窗戶右側照進來，左邊則交錯著門以及艙口。我們在一個艙口前停下來，亞里德打開門邊的開關，玻璃窗後面的房間裡，氖燈亮了起來。幾百隻豬擠在裝著柵欄的分間內，赤身露體眨著眼睛，牠們交相疊臥，互相踩踏，爬上飼料槽，不顧一切撲向鐵欄杆。鋼製的筐子在上方來回擺動。每頭豬看起來都一模一樣，真奇怪，牠們看起來一點都不像豬，數量實在是太多了。幾乎所有的豬都看著我們，有些已經沒有尾巴，背和肚子都抓爛了，其中一隻孤零零地躺在角落，伸出短短的腿，看不出牠是否還在呼吸。燈光引起其他豬隻躁動，尖叫聲愈來愈大，聽起來很恐怖。我們並肩站著看了好一會兒，最後亞里德關上燈，無言地回到穀倉裡，推開門。

他說，保重。

我把單車推出來，蹬上車，騎走。我沒有回頭看，我也很確信，他會走開並且把門關上。

當我到達時，我哥哥坐在空蕩蕩的酒吧前面，一排海鷗蹲踞在防波堤上，呆呆地朝我們看過來，淺灘上有大片的泥濘，模糊的天空倒映其上。他喝咖啡，至少已經布置好大陽台了，黑板上的菜色寫了一半。

新鮮鯡魚

冰淇淋

沒有螃蟹

黑麵9

他的字體是一種不相稱的組合，劇烈且興奮過度，彷彿他其實想要寫完全不同的字。他等我停好單車，我避開他的目光。

他說，怎麼回事？妳去哪裡了？我去了妳家，想要接妳，批發商沒有魚了，也沒有別的東西，連倉庫都清空了。我們沒有東西可以賣，鯡魚不新鮮，都快碎了。妳不在家，妳沒有開門，我在房子四周轉了又轉，往屋裡看，什麼也沒瞧見。妳躲到哪兒去了？

我說，我不喜歡你繞著我的房子轉，窺探我的房間。

他說，妳為什麼不告訴我，妳去哪裡了？妳怎麼不看看自己的樣子？

我說，為什麼，我看起來怎麼啦？

妳看起來好狼狽，我哥哥說。

我說，你應該多花點心思在你的店上。還有，我不想和你一起開車去批發商那裡，我想騎腳踏車去。我四十七歲了，只是出了一身的汗而已，沒事。

我從他身邊走過，登上階梯進入酒吧，我聽到身後的海鷗飛起，果斷成群而出的聲音，彷彿已經受夠了我們。我在收銀機那裡繫上圍裙，把襯衫拉平，再豎起衣領，背對著玻璃杯上方的鏡子。我突然想到，許許多多不成定形的豬隻如同一個你再三重複地說，直到失去字義的單字。我的手腕上有淡淡的精液、鬍後水、氨水的氣味。

印象好深刻。

9 寫錯字且沒有完整寫出的餐點：小螃蟹寫成沒有螃蟹，黑麵包尚未寫完就停下；意在表現他對生意、顧客等漠不關心。

＊

過了幾個星期，安透過Skype打電話來。她沒事先通知，只是試著打過來，她運氣很好，因為我在家，而且電腦剛好連上了網路。她隨興打過來而已。十天前她傳送了她最近所在的座標，現在她已經去到了好遠的地方，北方島礁群之間的一個點，隱藏在綠色群島間的藍色海水中，猶如羊膜囊中的一個胚胎，她很明顯是在一艘船上。我不清楚她是否還在那兒，或是已經一路前進。

她說，媽媽，上次妳沒接電話，被什麼事耽擱了？

奧堤斯發覺，小孩喚醒妳體內的感受，然後出走，讓那些感受伴著妳佇立在雨中。他想必會否認曾經說過這些話，但我知道，他的確說過，這一次我倒是記得非常清楚。凌晨兩點的廚房裡，我們啜飲葡萄酒，合抽一根捲菸，那是第一個安不在家的夜晚。她搬出去，把她不多的幾樣東西打包，與我們道別之後的第一個晚上。她道謝後就走了；奧堤斯與我從窗戶後面看著她離去，我倆一致認為，她走路的姿態很美，無拘無束，抬頭挺胸，信心滿滿，有點挑釁的味道。她轉入一個角落，然後消失了，我們坐在廚房裡那張實在太大的桌子旁開了一瓶酒，稍後奧堤斯就說了那句話。話中並無怨氣，反而驚奇的成分居多。他說，因為安，他學會了為某個人操心，支援某個人，依賴某個人。是安教會了他這些，現在她走了，他不知道拿這些能力做什麼才好？他問我，我是否知道如何運用這些能力，好似他以為，我也是從安身上才學會了愛與關懷。我說，我得好好想一想。我真的這麼做了。我好好想一想。

廚房裡，我坐在電腦前面，很早就醒了，一隻鳥掉進了陷阱，我被牠難以忍受的拍翅聲以及吱吱叫給吵醒，破曉時分起床後，我就在房子裡走來走去。考慮著要不要打電話給亞里德，隨即覺得若我因為一隻落在陷阱裡的鳥拜託他過來一趟，顯得自己很可笑。我打開陷阱，一隻鳥鶇在裡面。羽毛黑得發亮，有撕裂傷，十分迷惘，牠跌跌撞撞出來，跳到一邊，我等到牠飛走才關上陷阱。如果別的動物時不時闖進陷阱，想要捕捉貂的想法變得很沒道理。我吃了早餐，在屋前的陽光下吃的，中午時進屋，打開電腦，為貝殼酒吧訂了飲料、餐巾、蠟燭和桌布，咖啡豆以及茶。其實還應該訂新鮮的魚，但真的都沒有了，沒有螃蟹也沒有鯡魚，不是我們太晚才訂，就是出了什麼岔子，讓我們錯過了新鮮漁獲。其實可以訂一些鮮奶油，但我們已經有鮮奶油了，倉庫裡多的是；奧堤斯大概會說，好吧。若是情況繼續下去，我哥就掌握不了全局，他大可關掉貝殼酒吧，而我只好另外找工作。

窗戶開著。

咪咪在除草，星期一中午，休息日。

安看見我坐在廚房裡的白牆前，她看見窗前花園的一部分，驚喜怒放的錦葵，童話般巨大的問荊，有人播下種子，並且照料了好幾個夏天，然後搬走了，搬到別的地方去。安可以隔著一段距離看見咪咪穿的那件綠色圍裙，看見她現身，對著除草機彎下腰去，接著又消失了。咪咪認為把草坪修剪得整齊美觀很重要，她說，這座位於世界上這個角落裡的花園如此整齊有致，因為其他的都一片凌亂，風兒不停地吹過，天空荒蕪。由於好久沒下雨了，草不再生長，咪咪執拗的推著除草機走過乾硬的土地。她說，一旦她停止除草，就永遠都不會再下雨了，她除草就是等於在祛魔。

安那廂則坐在一間艙房裡，一張折疊桌的旁邊，身後是一張長椅，長椅上方有一扇舷窗，外頭，我所能辨識出來的，有一些帆具，光線相當明亮。也許這間艙房也是一輛房車，帆具如纜繩等則用來固定帳篷。有一個人躺在長椅上，穿著襪子的腳交叉翹在安的左肩上。天氣一定很冷，她穿了一件厚厚的毛衣，袖子鬆垮垮的。她的頭髮很短，大概一個星期前才剃光，可能長頭蝨了。她尷尬地拉了拉她的耳垂，像小孩似的扮了個鬼臉打招呼，然後對我微笑。解除武裝。

她說，妳有沒有夢過自己？夢中有一個人站在街的對面，那個人就是妳。我做了這樣的夢，昨天晚上，我可以告訴妳，這個夢讓人惶恐。

安一直都不想上幼稚園，她不喜歡歸屬於任何團體，不喜歡為狂歡節裝扮自己，不愛吃別人吃的東西，遠足時不喜歡排成兩排走路，從不站在圓圈的中間，也從不告訴人她周末做了哪些事情。除了那隻小刺蝟之外，她不喜歡其他的東西，書和圖畫她都不覺得重要。有一段時間她有一些令人不安的怪癖，例如清嗓子、敲擊引起別人注意，不過後來這些怪癖又都消失了。奧堤斯勸她永遠都不要相信任何人，僅僅聆聽自己的聲音，別人一概不管。無所期待，無所等待，只除了災難之外。他教她隨身攜帶一把小刀，時時保持刀鋒銳利。點火爐，煮湯，打繩結以及把釘子筆直地敲進牆壁。他認為安只是隨著年月無意間長大的，在那些年月中有排成圓圈的椅子，幼兒園的遠足和午後時光，精描細畫一個又一個曼荼羅；他不同意安的這些生活條件，但他無力改變，必須順服。他順服了。早晨為她送一杯檸檬馬鞭草茶到床邊，晚上送一杯熱蜂蜜牛奶。讀故事給她聽，送她去上學，接她放學，雖然他認為小孩只會從損失和受傷學到一些東西。他沒辦法自己製造受傷事件，他安慰自己，這種事會自然發生。安在學校裡表現不好。有一位女老師對安很好，確信安比其他人都需要更多的空間，在這位老師的教導下，安有時生物的成績很好，有時歷史學得相當不錯。她喜歡騎腳踏車，從來就不會整理自己的房間。她去互助協會的桶子裡挑衣服，領到後洗兩遍，然後穿上身。她很早就開始抽菸，抽空菸，據我們所知，她不曾吸過化學毒品，有一段時間喜歡聽連續劇《神經妙探》的原聲光碟。把閱讀的書藏起來不讓我們看見，除了村上春樹，她不願和我們分享她看的書，她想要知道，我們是否也把村上春樹當成虐待狂？十四歲那年，她帶著她第一次紋身的圖案回家，脛骨上一個三公分長的藍色線條，她說，這個線條讓她憶起某個特定東西，後來又紋了燈塔、指南針、星座的圖案。她從不曾問我童年過得如何，也不問奧堤斯的童年。十八歲時她輟學並離家，離開了兩個月後回來，停留一星期，七天，那些天中她睡覺、沐浴、吃飯然後睡覺，再度消失，什麼都沒告訴我們。但她從那以後會傳送座標過來，希望讓我們知道她人在哪裡，在世界上的什麼地方。我離開奧堤斯並且搬出去時，她十九歲，http://t1p.de/dxx5座標指出，她人在南方一座島嶼上的一個閃爍的小點上。她從未問過我為何搬出去，我不確定她有沒有問過奧堤斯，沒有我他要怎麼過。她小時候曾經狂熱地愛上我哥哥，她的舅舅。他偶爾出現一下，在我家度過兩或三個夜晚，接著繼續登上旅途，他並不真的關心她，老扔下她一個人，也許她因此覺得他富有吸引力。他教她掰開食指和中指比出勝利的手勢，一邊說永不放棄。欸，不完全對，但也差不多，再從頭試一次。對，妳學會了。比的時候不要舉手，只有白癡才會這樣。把手攤平比出勝利手勢，來，試試看。

妳，奧提斯有時候對我說，到底教了安什麼東西？

我說，我教她有禮貌。

其他的我一概不提，例如我教她游泳、沉默。

我不記得我曾經在夢中與自己邂逅過。

安身後的那個人影坐下來，伸伸懶腰，又站起來。一個瘦削、一頭紅髮，穿著淺色牛仔褲的年輕人，他又伸了一次懶腰，倚著桌子挨近安，對著鏡頭打呵欠。他的眼睛是苦艾酒的那種危險綠色，牙齒幾乎和妮可的一樣糟糕。

他舉起手來說，嗨。

安說，這是賈柏。

賈柏從畫面上消失，背景出現了沙沙聲，一扇門劈啪作響，哼哼唧唧、聽不出來在說什麼的聲音輕輕響起，螢幕好像在晃動。外頭的光線如同打在舷窗上的穀殼，一切都讓人眼花撩亂。賈柏的手伸到鏡頭前，在鍵盤旁邊放下一杯熱飲，安輕觸了一下他的手臂。她在桌子上擺的東西裡東翻西找，在尋找什麼，傾身向前填滿了螢幕，往後靠，消失在桌下，然後又起來。

捲菸紙。

她把捲菸紙對著鏡頭，捲了一根香菸，磕幾下讓菸絲緊實，用火柴表演似地點菸。

我說，妳一天抽幾根菸？

十根。

妳在哪裡，你們現在在哪裡？

喔，往北邊走的路上。東北方，還在這裡。

她扮了個鬼臉，不想告訴我她究竟在什麼地方，她擔心我會說「回家吧」，彷彿我若這麼說的話，她必須有所準備。我全部的心思都放在她身上，驚奇地注視她。

她說，沙夏舅舅傳了一張他新女友的照片給我。

我哥哥跟安說起妮可的事，讓我十分詫異，顯然新戀情帶給他的困惑比表面上看來的還要多。

我說，她不是他的新女友，她和妳一樣大，是個怪胎。

安說，怪胎，好吧好吧，媽媽，好。

她往杯子吹氣，小心翼翼地喝了一口，然後放下杯子。她忍住不打哈欠，禮貌地說，妳最近都在忙些什麼？

我在網路上購物，為酒吧訂貨，沙夏舅舅目前因為怪胎沒辦法處理這些事，我今天休假，待會兒要去游泳。

安的眼神越過鏡頭，瞧著艙房門邊的動靜。艙房明顯在晃動。房車也會晃動，我不確定我希望在哪裡看到安：在某個宿營地邊緣的一輛車上，在北海的一艘船上，在一場有目的地的旅途上。她皺起了眉頭，再度轉身向我。有兩個人在舷窗前展開一塊布，把布拉到身後就從視線中消失了。是一面帆嗎？或許是窗玻璃上的水珠，又或者是沙子。

我說，我只想知道妳過得好不好。

我很好呀，安說。當然好囉，妳別擔心，我很好。

她說，沙夏舅舅問我，我到底在幹嘛，問我知不知道他和怪胎都做了什麼事，以及我是否知道，到底怎麼回事？

什麼？我說，他問妳這個，妳怎麼回答他的？

他來問我這個，好玩吧，對不？安說。他那麼老了，而我是個年輕人，他卻來問我，應該是我問他才對。還有妳知道嗎？我告訴他，你現在正在經歷的事情並不重要，你為你正在經歷的事情提出的解釋都是杜撰出來的，而且只有當你表達時，那些解釋才會存在。你們以為，你們心中有一座圖書館，收藏了很多書、照片以及回憶，這些東西塑造了你們，成為你們喜歡這個，不喜歡那個的原因。但這座圖書館是一種虛構。沙夏舅舅以為，妮可有自己的理由，我告訴他，我想他弄錯了。

我說，他聽得懂妳說的話嗎？我不知道，他聽懂妳說的話了沒有；我也不確定，我是否聽懂了妳說的話。

他根本不聽，安好聲好氣的說。他問，但他不聽答覆。這一點也不稀奇，對吧？

賈伯又出現了。他坐在安後面的那張長椅上，很怪異的端了一杯醃漬洋薊，若無其事地用兩隻手指在玻璃杯裡撈來撈去，顯而易見他同意安的解釋。我不清楚，他知不知道她在和她的母親說話，是否我們一開始談話他就在錄影了？

我說，妳怎麼會想到圖書館的？

賈柏和我讀了相關的文章，在網路上。

她瞇起眼睛，我後面有什麼東西引起了她注意，讓她分心，她皺起了眉頭。

她心不在焉地說，妳以為無意識的東西會變得清晰，好像那是一個燈火通明的洞穴，可惜這個洞穴並不存在。

她往後靠，心滿意足地嘆了一口氣。她把正在抽的菸從肩膀上方往後遞給賈伯，他把洋薊扔回玻璃杯，接過她遞來的菸，有意無意躲著鏡頭。

我跟沙夏舅舅說了，他找不到真相的，但他就是本性難移。他用妮可來詮釋這個故事，但他的詮釋並不適合，只是收集了一堆線索而已。妳和他，你們還是孩子的時候，相關的一些線索。

星星，賈伯在鏡頭外雀躍歡呼。就和星星一樣，也不再有星星了。亮晶晶，但不再高掛夜空，記憶亦復如是。

安轉身向他，他把她攬過去，讓她靠近自己一些，她說了些我沒聽懂的話，然後又轉身對著鏡頭。

她紅著臉說，她怎麼會這樣，妮可。

她是個缺牙的孩子，一個曾經被人關在木箱子裡的小孩，不會閱讀，不會游泳。我還應該告訴妳什麼呢？沙夏舅舅在照顧她，其餘的我也不清楚。

安會意的點點頭。

爸爸有時候會去看妳吧？

沒有，我想，沒有。我不認為他離得開檔案室，但如果妳去看他的話，他肯定會高興。哪天回家時，站在他的門前，給他一個驚喜。

我還是說出來了：回家。本來不想說的，一下子說溜了嘴。

安好整以暇打了個哈欠，把套頭毛衣的袖子拉到手腕上，用袖子擦掉桌上的碎菸絲，舔舔食指，擦拭桌面上的某個東西。看看囉，這裡有事要忙，我們有一些計畫，我不能離開這裡。妳懂我的意思。

我說，我恐怕不明白，對不起，我知道的太少，以至於無法理解。

我想說，妳不記得妳小時候的事情了嗎？每當下雪，奧提斯提著煤桶上樓梯，而妳抓著兩顆煤球，一手一顆。爐子裡的風在吹，這個妳喜歡。妳記得雪嗎？雪是一種幻覺，一種痕跡或者一個錯誤，假使我希望為妳記住這些情景：難道這沒有任何意義？妳小腿上那一道傷痕是怎麼回事，還知道它要提醒妳什麼嗎，或者妳已經忘了？我想要說，也許你們只能用這種方式停留在你們現在所在的地方。做計畫，不去想計畫如何趕不上變化，可能失敗，生命中所有的事物幾乎都以失敗告終，安，我知道我在說什麼，但我當然沒把它說出來。

賈伯捻熄了香菸，又躺了下去，穿厚襪的雙腳擱在椅子的扶手上，他從褲袋裡掏出個東西，然後放進嘴裡撥動了起來。

安翻了個白眼，輕輕地抖動手腕。她挨近螢幕，她說，賈伯真的很不錯，可惜他吹口簧琴，讓我有點受不了，其實大家聽了都覺得心煩。我要叫他以後別再吹了。

她再度往旁邊挪，賈伯、舷窗、室外模糊的景致、纜繩上的網孔一覽無遺，景物好似突然處於緊張狀態而靜止不動。賈伯吹奏樂器的聲音飄來盪去，難聽，但也具有魅力。

我說，安。

我想要阻攔她，緊緊抓住她。

妳夢見什麼了？在哪個地方與自己邂逅？

安說，我站在街的另一頭，街道的另一端，我站在那兒，看見了對面的我，我和我看見了我們。這不合常理。

她的食指伸向眼角，拉扯著眼皮。她傾身向前並低聲說話。

我們要走了。

她壓低嗓音說，妳後面那位，在屋外花園跑來跑去的女人，她是誰？她為什麼沒穿衣服？

我說，喔，那是咪咪。我的怪胎朋友，我的鄰居，照顧好自己，乖乖的。

下回再聊，安。我會再打給妳。啊？

再打電話給我，安簡單的說，下回再聊，媽，幫我問候爸爸。

她舉起手來，在手掌上親了三下，然後翻過手來，很認真地讓我看。

她說，再見。

咪咪站在外頭乾枯的草地上，果真令人驚愕地赤身露體。她赤裸著身子背對我站在陽光下，一動也不動，雙臂下垂，她剛停下今日的除草工作。

和安談話讓我備感疲倦，我已經好久沒覺得這麼累了，我必須馬上躺下來，我瘋狂渴望我一度擁有過的所有東西，我因為渴望而動彈不得。安大概會說，我渴望線索，什麼事情的線索呢？我關上窗戶，從內把門鎖上，躺上床，閉上眼睛。我睡不著，但有那麼一時半刻那些畫面失去了彼此的關聯。安穿著滑雪服，她那張甜美、稚氣的娃娃臉，裹在一頂護耳冬帽的皮毛裡，腮幫子因為寒冷而緋紅，雙眸又圓又亮。靠窗的這張床在安出生前放在奧堤斯住過的一間廢棄工廠的房間內。我哥哥穿著一件制服，站在水中、雙肩裸露，頭髮上插著蓮花的妮可猶如水妖。我聽見有人敲門，我翻身側躺，把被子蓋過頭。

晚上我坐在屋前，拿了一瓶葡萄酒和兩個酒杯出來，沒過多久咪咪就來了。她手臂下夾著一個看起來很重的包裹。大老遠就在揮手，那絕對是正式的揮手。她指著升上屋頂的月亮，暈黃、又圓又大而且熠熠生輝，我點點頭：我看見月亮了。我們並排坐在屋前的椅子上，我倆沒說很多話。我們的視線越過農田，一直望向地平線邊上煉油廠的煙囪，那些煙囪已經好幾個星期沒噴出煙來了。我們聆聽蟬鳴，牠們的叫聲聽起來像有數不清的草地灑水器正在滋潤著土地。夜晚瀰漫著金雀花和熾熱石頭的氣息，我們在等貓頭鷹呼喚，等待小鹿勇敢地闖進空地。我沒問咪咪，為什麼大白天光著身子站在草地上，她沒問我，為什麼郵差來了我沒開門。我倆都很沉默，那個包裹是從城裡寄出的，奧堤斯寄的。我不打算在咪咪面前打開，而她清楚我的態度。

咪咪回家之後，月亮變得好小好小，換上蛋殼般的顏色，顯得清冷。我打開了包裹。水邊草地上霧氣籠罩，終於有四頭小鹿站在霧色中。我在黑暗的房間倚窗而立，看著牠們。打開包裹，裡頭有一封信以及第二個小包裹，沉甸甸的四方形，用去年的舊報紙包起來，鞋盒般大小。我留下小包裹，帶著奧堤斯寫給我的信上床。

親愛的，我又想了一遍，關於從前那個新加坡的故事，與那位魔術師的事。妳在那裡並不是站在機器旁邊。妳在第一間工廠站在機器旁邊，對，但妳在第二間工廠做的是另一項工作，妳帶領人們走過工廠，工程師、機械製造商、技術人員、大學生、社會學學者、勞工法律師、醫師。妳帶領老闆們參觀工廠，因此，妳穿的是套裝，像空服員一樣的服裝。妳為他們打扮。藍色裙子和藍色西裝外套、白襯衫、珍珠絲襪和鞋子，妳在舞鞋專賣店買的，因為那兒便宜。探戈舞鞋。妳穿著探戈舞鞋穿過工廠，鞋跟在地氈上留下條紋，這是個問題。妳和那些人走進員工餐廳吃午餐，坐在值班主管桌與女工桌之間，就在他們的中間。妳不屬於值班主管，也不屬於女工，這也是個問題。妳穿著珍珠絲襪，塗口紅。那時妳根本不住在加油站旁的那間一房公寓裡，妳在一棟老房子的二樓租了一間兩房公寓，沒有陽台。妳把床推進一個凸肚窗。當那個老男人與妳攀談時，妳穿著那身空姐套裝去超市買肉桂口味的口香糖和礦泉水，他與妳攀談，因為妳穿了那身套裝，很像他曾經雇用過的一位助手穿的衣服。他在超市裡觀察妳，在超市外面等妳，與妳攀談。妳在超市裡就注意到他了，他看起來不太正常。

我蜷著腿坐在床上，背後靠著兩個枕頭，信紙放在膝蓋上。這封信共有三頁，正反兩面都寫滿了字。我讀了第一頁，不確定要不要讀反面、第三頁。我躺了一會兒，然後把那頁翻過來。

每當妳不用上班，早餐後妳就又躺回床上。妳起來，喝咖啡，吃一個八分熟水煮蛋和一片塗奶油的吐司，然後妳的頭便垂到了桌上，妳必須再躺下來。妳渾然不知該如何打發時間，妳不知道。妳無法閱讀，不會去散步，不會和誰約好喝杯啤酒，不會去博物館和電影院，不會找第二份工作。這些妳全都做不到。偶爾妳打電話給妳哥，但卻不知道該說些什麼。有些日子裡妳去露天游泳池游泳半小時，但大部分時候妳就是躺在床上睡覺，直到夜幕低垂。妳拜託工廠裡的人多給妳些工作做，這是不行的，他們必須讓妳周休二日。妳去看醫師。醫師說，妳還年輕，掉了一塊皮，還能長出新的來。這需要花力氣，妳記得嗎？妳記得那時妳打了電話給妳母親嗎？遇到那位魔術師之後，妳打電話給妳母親，問她妳該怎麼做，該不該去新加坡，要不要退掉公寓，打包行李然後消失？妳能不能信任那位魔術師？如果妳想問我從哪裡知道這些事情，我可以告訴妳我怎麼知道的。我知道這些事，因為妳告訴過我，妳把所有的事情都講給我聽。吻妳，妳的奧堤斯。

我把信紙放在旁邊，關燈，然後就這麼躺著。房間的天花板出現了植物的陰影，我把空氣吸進腹部，再吐出來，我聽見困惑的飛蛾撲向窗玻璃的聲音。此刻，我很想躺在奧堤斯身邊，我很想說，我不敢相信，奧堤斯。都是你幻想出來的，你說的話，幾乎沒有一句是真的。

*

在孩提時期，我和我哥哥還小的時候都沒有家裡的鑰匙，其他小孩的脖子上都戴著一條鑰匙繩，就我們兩個沒有。我知道，我從來沒有比脖子上戴一條鑰匙繩更強烈的願望。

我們放學回家時，媽媽多半在家，如果她不在家裡，我們就得等她回來。我們不能出去，不能去別的地方，晚點再回家，我們只能等待，直到她回來。那是我們說定的。

有段時間我們住在城內一棟租屋的二樓，樓梯間很潮濕，階梯又濕又滑，上面鋪的綠色油氈布都破了，牆上塗了油漆。走道上燈光昏暗，亮了兩分鐘後就自動暗下來。我們坐在公寓前的樓梯上，等待著。有時候，如果哥哥早點放學，當我爬上樓梯，他已經坐在那裡了，有時候我一個人坐在那兒，他晚一點才來。那時他看起來明顯比我年長，幾乎已經長大了。每當我站在他面前，他轉頭就走。

有些天我們不得不等上幾個鐘頭，鄰居和訪客從我們旁邊登上三樓或四樓，之後又下樓梯，而我們依舊坐在緊閉的門前；有人提議我們跟他走，去他家等，我們必須拒絕。我不知道我們有沒有聊很多話，我哥和我，坐在那兒，一副彼此根本不認識的樣子，好像另一個人根本不在場。有時候他拿出一本本子，塗塗寫寫，然後又闔上，有時候我打開書讀個一頁。但是，老是要站起來去開討厭的走道燈實在很煩，我們只好坐著不動。我們睡著了，我確定我們經常就這樣睡著了。兩手抱著膝蓋，頭靠在膝蓋上，身體靠在牆上，靠著樓梯的扶手睡覺。

我倆滑翔而下。根據一段回憶的蛛絲馬跡，暮色中，我們在有高高牆壁的樓梯平台上，在兩扇漆成深棕色緊閉的門之間滑行。

我們的媽媽不知什麼時候回家了，我們認得她的腳步聲，趕緊站起來，扛起書包。我們揉揉眼睛，抖動一下發麻的雙腿。偶爾她要到晚上才回來，我曉得，有些天她夜深了才回來，有些天公寓的門忽然打開，她揮手要我們進屋。右手微乎其微的動一下，她沒有看我們。她其實在家，她知道，我們在門口坐了好幾個鐘頭，等她，她讓我們坐在那裡，直到她認為時間到了為止。她從來不說什麼，只有揮手這個動作而已，有時候只是動一動她的頭。

我不知道，我們的媽媽那時都做了些什麼。她既沒有離家，在家的時候也沒有放我們進屋。她從未解釋，從未為此道過歉。她必須這麼做，關鍵是她需要自己的空間，某種她可以獨處的狀態，好讓她隨心所欲。我難以想像和這樣的母親聊那位魔術師，聊他的木箱子、藍色亮光紙、小星星。難以想像我問了她，我能否信任魔術師，應該留下來還是踏上旅程？

我問我哥哥。

我說，你還記得我們必須在樓梯上等到媽媽回家。必須坐在那裡等她，不可以在別的地方等，她回來時，我們必須在那裡，有時候她回來，外頭天都已經亮了。

我哥哥偏著頭看我，揚起他濃密的眉毛，我的問題讓他吃驚。

他說，我還記得，是的。

他咳了幾聲。

他說，我記得那個樓梯間，妳坐在高我一階的地方，其實那應該是我的位子才對。

為什麼？

因為我比妳年長。

他說，樓梯間的窗玻璃上有花，用鉛鑲嵌的百合花，其中一朵斷了，有人用一個芥末瓶的蓋子補上。蓋子剛好堵住那個缺口，所以引起了我的注意。妳為什麼問起這些事？

我說，隨口問問。

我哥哥懶洋洋地說，這些他都還記得，清清楚楚，透澈澄亮，彷彿那不是五十年前的事，而是昨天才發生的。

我說，我可不敢這麼說。

我猶豫了片刻，但仍舊問他，如果你什麼事都記得透澈澄亮，那就應該記得，我差點去新加坡的事，你一定記得那位魔術師才對。那時，我在工廠上班，我租了一間加油站旁邊的公寓。

一間像芬蘭電影裡的公寓，我哥哥說，妳像芬蘭電影裡的女孩一樣，坐在陽台上抽菸。

他說的對，就是那樣。我像火柴工廠的女孩那樣抽菸，她有一頭金髮，沉默寡言，房間中央擺著一張撞球台，此外沒別的東西，香菸的煙霧因為逆光而泛著銀光。我哥把我比喻成那位女孩，讓我感動。

他說，他也差點就去了新加坡，那時。與克莉絲或瑪里歐，或是史堤娜，又或者與那個兔唇波蘭女人，等等，瑪麗亞、阿涅姿卡，天啊，我想，我差點和她去新加坡的人叫做楠，她是空服員，她擺放雙腿的姿勢很撩人，看起來就像大腿之間夾了一塊木柴。這我記得，也立刻忘了。什麼魔術師？我不知道有什麼魔術師。

他舉起啤酒瓶，說，乾杯。蓓雅、塔培雅、棠雅，我所有的女人都匯流成妮可。

我倆在咪咪的花園裡，在她的花園桌旁對話，突然間天色轉暗，夜幕低垂，暑氣正盛，縈繞著熙熙攘攘與馬不停蹄。燕子在田邊急上急下盤旋，最後一株罌粟已然枯萎，油菜花快被太陽曬焦了。令人訝異的是，我們都坐在同一張桌子旁，咪咪、亞里德，我哥哥和我，還有妮可，只不過妮可這會兒站在河岸下方，正在講電話。咪咪在桌上鋪了一塊油布，上頭印了一幅世界地圖，五大洲以及海洋、南北極，地圖比例令人不解，美洲很小，非洲是最大的洲，而西班牙在應該是義大利的地方，挪威與加拿大接壤。儘管混亂，有海洋，有赭色的沙漠，藍色的海水。咪咪與我喝白葡萄酒，我的酒杯放在凹陷下去的紐西蘭大陸上，咪咪的放在紐約上面。亞里德喝啤酒，他的啤酒瓶拿在手上，但他不和我哥碰杯。

那個魔術師是怎麼回事？咪咪問。為什麼去新加坡？還有，你們的媽媽怎麼啦，你們兩個在說什麼呀？

我哥哥與妮可一起來，為了給咪咪看妮可的畫。他其實不想和咪咪有任何瓜葛，他怕她，怕她的手伸過桌子來抓他，說不定會把他給吞了。但他這天晚上和妮可兩人在廚房裡獨處，玩紙牌，聽鄉村歌曲，把他給累壞了，他必須出去一下，置身人群之中，除了來找咪咪和我沒有別的選擇。

亞里德來更換陷阱裡的誘餌，他說這是他來訪的原因。他關上陷阱發現裡頭空無一物，但他隻字未提。他放上新鮮的餌，陷阱拴牢，又在我的浴室裡仔仔細細把手洗乾淨後，他說，我們去咪咪那邊吧。反正我已經來了，不如一起喝杯啤酒之類的。

妮可跟著來，因為有些事情想要拜託我。我以為她想和我聊一聊我哥，但她只是要我幫她畫眼線。我在夕陽餘暉下的桌邊，在咪咪的嚴格監督下，在我哥專心觀看同時努力表現得正常，以及亞里德冷眼旁觀之下，幫她畫好了眼線。妮可近在我眼前，她雙眼緊閉，一臉嚴肅，她毛孔粗大、撲了粉的皮膚，刷過的睫毛，又窄又歪的鼻梁，身上有廣藿香和貓的味道。我幫她的左眼畫了一條美麗的眼線，畫右眼那條時晃了一下，直到畫完了，當我們三個玩她的另類紙牌遊戲時，我才發覺妮可的眼線很完美——我喜歡上她了。

我哥有一個硬紙板文件夾，裡面收集了妮可的畫。他買粗細不一的彩色鉛筆、水彩盒、繪畫簿、畫筆、軟硬不一的鉛筆、橡皮擦、削鉛筆器給她，他什麼都想到了。下班後她過來，有時候同意就畫上幾筆，她舔著鉛筆，若有所思地在紙的左下角潦草寫幾個字。我哥把每一張畫紙都收起來，把文件夾拿到咪咪面前；他希望她說句話。

咪咪結實而圓滾滾的手落在文件夾上，彷彿文件夾是母牛的腹脇。她語調輕快地說，有些事我記得，有些事情已遺忘，我知道我忘了那些事，截然不同的事情因而湧上心頭。氣味、光線。冬天清晨一早六點鐘，我們等校車時的天光。像一條被墨水浸得濕透的抹布，有一條織進去的銀線。亞里德，還記得嗎？

她抬起頭來凝視亞里德，微微一笑，亞里德面無表情，一動也不動站著；咪咪繼續保持微笑。她打開文件夾，拿出妮可的畫。幾顆跳動的心臟、用水彩畫的太陽、一棵雕像般的樹、一顆星星。一道彩虹、一個黃色的方塊。

她高舉一張畫紙，妮可在上頭畫了一顆心臟，從心臟內長出東西來。

她說，牙齒。如果沒弄錯的話，這是牙齒，我會說，這是一顆長出牙齒的心臟。

亞里德的身體微微向前傾，也注視著那顆心臟，但什麼都沒說。

我哥和我交換了一個眼神。

咪咪說，說不定那不是心臟，也許更像屁股，一個肥碩的女人屁股，牙齒或者爪子從那裡長出來的，我摸不透它究竟意味著什麼。

我哥說，沒錯，但挺好的，對吧？

不，不好，咪咪惱怒地說，愚蠢至極。你可以隨心所欲轉動、翻動它，都無所謂，它什麼也不是，沒有任何意義，我不懂，你怎麼能把它當真？

我必須認真看待它，我哥說，這是我的義務。我怎麼能不把它當真，不認真看待它，就表示孤零零一人在世上。

一副好像你孤零零一個人在這世界上似的，咪咪說。一副你很孤獨，就像一塊石頭似的。

她猛地拔起酒瓶的軟木塞，為自己斟了一杯酒，瞇起眼睛盯著我哥，我不清楚她對他的看法。今天的她怎麼想，居然會對一個像他這樣的人有興趣？我問自己，她會不會覺得委屈，或者憤怒，說不定兩者兼而有之。

她說，你表現得彷彿這世上只有你和妮可，但你周遭有別的人，有些事在進行，而你肩負著責任。

哦，我哥哥說。他驚訝地說，語調拉長地說。什麼責任？

天哪，咪咪翻了個白眼。什麼責任呢？也許是為大事和所有的事。我們都會死亡，你明白嗎？我們會窒息、飢餓、受渴而死。

妳現在在說什麼，我哥哥說。妳說的是鯨魚嗎？在說垃圾，昆蟲或者別的東西？妳在說亞里德養的一千五百隻豬嗎？

亞里德沒有反應，他往妮可的方向看過去，她在下面的花園水邊，僵硬的踩著高跟鞋，像一隻奇特的蒼鷺踏過草坪。身上披著一襲優雅的晨縷，穿一件紫色緞子、細肩帶的睡衣。她的四肢白晰、修長而舒展，沒有刺青，用了許多小髮插把頭髮盤成一座塔，看起來像一個上了黑漆的棉花糖，她則是一個蒼白的夏日幽魂。她在打電話，或是玩耍，講電話時情緒激動，手勢優雅、動作很大，整個人看起來欣喜若狂又帶著孩子氣。很難說亞里德心裡怎麼想，他是否覺得她這樣很有魅力，覺得她很陌生？

可能喔，咪咪說。對，有可能，我就是這個意思。和你說這些沒有意義，我是說和你們說這些都沒意義，和我們全體，包括我在內。

就本身而言，討論這些沒有意義，我哥哥說。這些沒法討論。我當然知道箇中的關聯，我知道那些垃圾、鯨魚、昆蟲。我留著妮可的畫，因為我們會死亡。

喔，咪咪說。那麼一切都很好。

亞里德打了個呵欠，兩手撐著桌面，向前彎下身，沒針對任何人。我還要再拿一瓶啤酒，有誰想再來一瓶？

我想再來一瓶，我哥哥說。

亞里德站起來，走到紗門時轉過身來對著我們，眼光越過那片平坦的黃土地，心不在焉地伸展四肢。他的運動衫往上滑，讓我看見他裸露的腹部，那塊有深色線條的皮膚，連接恥骨的部分，然後他消失在屋子裡，沒開燈，免得引來飛蛾。松節油的香味從快要自動關上的門鑽出來，如此強烈，彷彿那香味有生命；我好奇，亞里德撒在陷阱裡的荷爾蒙是否會對人產生影響？我哥在桌下踢了我一腳，神不知鬼不覺地和我交換眼神，希望我對這些人的看法和他一致，他無法想像亞里德和我之間有任何關聯。亞里德來咪咪家，而我也在這裡，我哥哥作夢也想不到，這個農夫和我會扯上關係。有時候我在想，他不會想到我可能會和任何人扯上關係。我把腳移開。亞里德回來了，帶來兩瓶啤酒和一瓶葡萄酒，我好喜歡看他走路、拱起肩膀、叉開兩腿站著，目光對準下方，易怒又固執的樣子，看似有一股巨大的力量凝聚在胸腔和上臂；他把路上看不見的東西揮開。

他坐下，把椅子移到明顯與我們有點距離的地方，用牙齒咬開啤酒瓶蓋，沒有和人碰杯就先喝了一口。

亞里德，咪咪說，在說他的名字前兩個音節之際，她重重地敲桌子。話題是她打開的，顯然她不想這麼快就結束。你養了一千五百頭豬，你怎麼想像牠們的？

青青草地上的豬，亞里德說。

天啊，咪咪說。你想說什麼？

沒有啊，亞里德說。妳問我，我在想像什麼，或許我理解錯了。妳問的和我說的沒關聯。

我哥哥說，我就是這個意思。我要說的就是這個。

但亞里德打了一個否定的手勢，冷冷地說，我只想要有段愉快的時光，別無他求，這裡其他的事情都與我無關。

夜色降臨時，咪咪在矮樹籬上掛起燈籠，把蠟燭插在燈籠內並且點上，風兒靜止，一輪橙色的滿月掛在矮樹籬上。我哥哥對著下面的妮可喊，上來，到我們這裡來，妮可回來，並且帶來她講電話時拔掉的東西，沼澤草、歐蓍草、薊、一束野草。她把那束野草扔進咪咪椅子旁邊的草叢中，撫平她的睡衣，把頭髮攏好，無視我哥遞給她的打火機，拿著菸彎腰對著燈籠，火苗竄上來之際，她嚇得縮回，像鳥兒似的低下頭去。農田上方有一道即將轉黑、閃閃發光的珊瑚紅條紋。黑暗中，大黃蜂嗡嗡嗡朝燈籠飛過去，遠處傳來聯合收割機的聲音，這聲音讓亞里德坐立不安和焦躁。我們需要什麼，又能放棄什麼？我們是衛星，我想，繞著我們的太陽打轉，人人繞著自己的太陽打轉。我的太陽是安。奧堤斯和安。

咪咪說，來看看我的獵獲，在車庫裡。

我們站起來，一起朝棚屋走去。棚屋不是很寬敞，咪咪在棚屋外面釘了一大堆釘子，釘子上掛了東西，有耙子、乾草叉、線圈、輪子、修枝剪刀，這間棚屋有點不可思議，到了晚上就變成了一個有圖騰的地方。我哥哥緊跟在我後頭，我知道他對咪咪在忙什麼不感興趣。他問咪咪對妮可的畫有何看法，卻對咪咪做的事無動於衷，真是不該，我不知道該如何向他說明這一點，我想他應該沒救了。

咪咪的棚屋是鎖住的，好似獵獲是活的，彷彿那東西會逃跑。鑰匙掛在門邊的一個釘子上，那把鑰匙大得像劇院鑰匙。她把鑰匙舉高給我們看，然後打開門，開燈並站到旁邊。

畫布放在一張椅子上，四周東西都清走了。掛在天花板上的燈很暗，太昏暗了，讓人幾乎無法視物。潮水把一個小東西沖壓在畫布上，畫布被刮傷了，刮破的地方看起來像一個小小的身體，四肢短小，一個狹小的頭。那只是一個輪廓，一張草圖，可以是任何東西。

咪咪說，那只是一個影子。

我哥哥睜大了眼睛，說，誰的影子？他一點都不明白，他對咪咪擅長的技巧一無所知。

明擺的是一條鱷魚，妮可說。你們要是問我畫的主題，這是一隻鱷魚寶寶，很清楚啊。

天啊，亞里德鬆了一口氣說。我還以為是一隻豬呢。

既不是豬也不是鱷魚寶寶，咪咪說。她碰了我一下。

我聳聳肩。

咪咪咂舌，又搖搖頭。

她說，也許妳好好想一想，就會想到了。

接近午夜時，她把收音機從屋裡拿出來，放在桌上，轉到海洋氣象那一台。沒有啤酒了，亞里德和我哥像喝水似的喝白葡萄酒，妮可什麼也不喝。我們聽著播報員的聲音，他令人昏昏欲睡、有鎮定作用的語調，哼著一首航海搖籃曲，彷彿世上的海洋是紙做的，又彷彿海洋足堪征服，是浮想：

低氣壓區一一〇三奧蘭群島，緩慢向西南移動，高壓脊一〇一〇波羅的海以南，向東南擺動，高氣壓區一〇二一英格蘭，少有改變，楔型[10]一〇一八昔得蘭群島轉弱。冰島低壓區高壓脊一〇一五內赫布里底群島，緩慢向東南方擺動。航運預報，微風。漁船，向西轉，斯卡格拉克海峽一米，丹尼斯海峽自北向西北遞減三至四。妮可脫下高跟鞋，頭埋進我哥哥的大腿，睡意朦朧地模仿播報員說話。

北北東東東，東東東，北。

亞里德的手放在我的膝上，我沒有把自己的手放在他的膝蓋上，因此他又把手拿開，在我膝蓋上留下短暫的濕潤暖意。這天早晨，安把座標發給我，我猶豫了一會兒，仍舊查看了一下，她現在在一片深藍色海洋上的一個小小的點上，她已經出發了。

10 低氣壓區往高氣壓區移動。

咪咪說，聽海洋氣象預報的時候，遠走他鄉的渴望就劈啪作響。

八月初，我下班後經常騎車經過亞里德已經除好草、正在耕作的田地。我把單車停靠在水溝邊，越過農田朝他跑去，他停下來等我跑到他身邊，像打開車門似的打開拖拉機的門。我爬進去，坐在臨時座位上，我從貝殼酒吧帶了兩罐啤酒，裡面酷熱又擠，我把腳放在座位上，打開啤酒遞給亞里德一瓶。犁在塵土飛揚的乾旱土地上費力地前進，一朵蒸騰的雲在我們後方升起，遮蔽了太陽。防波堤上一隻海鷗也沒有，只有一排茫茫然的綿羊。拖拉機的引擎太吵，不適合交談，我沒什麼事情想要講給亞里德聽，就連我想要問他的事情也很少。他身上有汗水的味道，藍色運動衫蒙上了一層灰，臉髒兮兮，頭髮裡有不少穀殼。髮際線下的皮膚比他曬黑了的脖子、曬黑了的手臂白一些，貌似脆弱而且怯懦。我可以靠在他身上，很想靠在他身上，我終究沒靠過去。有幾天晚上歐諾開車過來，沿著田野開到水溝那裡再折返，停下，把車前燈對準田地，下車看我們犁田。我們朝他揮手，他也朝我們揮手，看起來我和亞里德一起坐在拖拉機上再平常也不過。街邊歐諾的身影，像收割過田地上的剪影，道路猶如一條河，歐諾是擺渡人。

是他的土地，亞里德的聲音蓋過嘈雜引擎，都是他的。我耕種，但這是他的土地，他祖輩的，一直都是。

我乘著拖拉機繞三圈，很少超過三圈。等到啤酒喝光了，他就停下來，於是我下車。

我說，晚安，早點收工。

他說，好，看看囉。

他從來不說「留下來」，我從不問他，我是不是該留下來。我把腳踏車推回路上，對歐諾揮揮手，然後騎車離去。

＊

月亮愈來愈大，變圓，又變小並且消失。安珂的生日快到了，咪咪希望我一起去，她覺得我應該多參加社交活動。

我說，我一整個夏天都在社交，但咪咪說，夏天快結束了，接下來是秋天，然後是冬天。貝殼酒吧將停止營業。事情會改變，妳想留下來，還是想繼續遷移？

我沒回答，只是伸出我空空的手張開手指。

咪咪嘆了一口氣，好吧，看看囉。不管怎麼樣，如果妳留下來，會比以往任何時候都孤單，比妳所能想像的還要孤單，我們會互相依賴。

她雙手放在我的肩膀上，輕輕地搖我。她說，會變得非常寂靜！寂靜讓有些人謙虛，讓有些人發瘋，挺難的，相信我。

咪咪，我說。我相信妳，我已經在這裡度過一個冬天了。

安珂快滿八十二歲了。她在家裡過生日，咪咪和亞里德試著勸她打消這個念頭，他們希望在餐廳慶祝，租一個地方，訂餐點，不用去管那些事，但安珂堅持到底。她說，是她過生日，她要依照自己的意思來過。

慶生會從上午十一點開始，會來不少客人，有牧師、鄉鎮代表、海上救援隊的人、農夫。有茶、奶油蛋糕，中午時有湯，下午有茶和烈酒，晚上有啤酒、黑麵包和蝦，沒有人知道安珂怎麼把這些食物變出來。

咪咪說，妳想來的時候就來，來作客，可千萬別為了幫忙洗杯子才來。

我一直工作到下午，然後把我哥一個人留在酒吧裡。咪咪說對了，夏天已經結束，月相變化帶來了寒冷，當地客人明顯少了，其他的客人，等待、路過的人永遠都會往酒吧裡張望，問路什麼的，吃喝後繼續上路。把車子停在碼頭上，讓引擎空轉半小時的人來到貝殼酒吧，讓腳離開煞車一會兒，然後又開車走了。這些人讓我哥抓狂。我們只賣出四分之一的蛋糕存貨，我們經常無事可做。他有大把時間說著他關於妮可不變的獨白，我避開他。我坐在靠窗的一張桌子旁看書，外面一艘艘的船從水裡拉出來，拖到拖車上被帶走。我哥哥坐過來，我把書舉得高高的，遮住我的臉。

我哥哥說，《十一種孤獨》。

我說，葉慈，對。

我說，馬上就四點了，四點到了我就走。

我哥哥說，說不定到了四點半的時候這裡的人要排隊。

他和我一樣清楚，才不會有這麼多人上門。

他說，或許我們應該打烊。

我說，對，或許。

妳要去哪裡？

上安珂和歐諾那兒。

我哥哥挑起眉毛並且噘起嘴。

我把書擱下，站起來脫下圍裙，對著玻璃杯上方的鏡子整理頭髮。去參加咪咪母親的慶生會讓我覺得自己像個孩子。我哥從褲袋裡掏出手機，開了又關，沒人捎訊息給他。

他說，這些人真自大。

我說，你也一樣。

他說，對，但我說不定會離開，也許我和妮可去環遊世界。

我說，你和妮可去過海灘嗎？你有沒有和她出去吃飯過？上電影院？先從這些開始吧。

我哥哥瞪著我一語不發，他沒有刮鬍子，腮幫子凹陷，看起來累壞了。

我說，環遊世界怎麼說都太晚了。

他說，真的太晚了嗎？是嗎？

安珂家前面停了不少車子，其中有一輛是亞里德的。我把單車停在車庫旁邊。咪咪在打開的門旁等候，她穿了一件藍紫色、繫腰帶的及膝洋裝，還戴了一條琥珀粗項鍊，胸前的金色琥珀看起來真像公爵夫人的首飾，她遠遠的拍手叫我。

進來！妳來了，我好高興。

安珂把頭髮紮成麻花辮，再盤在頭上，顯得喜氣洋洋。今天她的眼睛比亞里德的小，整個人的神態審慎且疏遠。她為我保留了一個座位，在亞里德旁邊，還在餐桌上放了一張小卡片，上頭寫了我們兩個人的名字，名字周圍畫了美麗的櫻花；咪咪說，這是安珂畫的櫻花，我沒有插手。

亞里德往一旁挪位置，別有意味地站起來，他很滿意這樣的座位安排，但是他隱藏得很好。他穿了一件黑色西裝，看起來很像一位體面的新郎，西裝讓他覺得困窘，到後來也讓我尷尬。歐諾坐在我倆對面，他比亞里德友善多了，相形之下他非常坦率，性情溫和。他的左耳戴了助聽器，他經常去摸一摸，轉轉助聽器的小輪子，我猜他若是覺得太吵的時候就會把它關掉。

他隔著桌子向我伸出他溫暖的大手。

咪咪的女友也來了，真好。

亞里德試圖解釋，以前都沒這樣。咪咪的女友，這很不尋常，我們家沒有人結交過這樣正式的朋友。

歐諾附和地微笑，好像這就是他也想說的話，好像亞里德是對的。他為我倒了一杯烈酒，給自己也倒了一杯，然後舉起杯子並對著我們眨眼。我從咪咪那裡得知，她和亞里德年輕時，每到週五和週六的半夜兩點半，歐諾就去迪斯可舞廳接他們。她告訴我，總是有個人碰她一下，說，你們的爸爸來了，於是她左右張望，歐諾就站在舞池邊，背微駝，雙手插在工作服的口袋裡，微笑著。他開車送他們回家，說，很值得。回家後他立刻上床，兩小時後又起床去餵豬。

亞里德說，妳不必喝烈酒。

我說，我知道。

餓不餓？

餓。

他裝了一大盤蝦子，把奶油、麵包籃、胡椒研磨罐、鹽統統挪到我面前。

我說，謝謝。對不起，我有點累。

他說，我也是，不必道歉，妳上了一天班呢。

你也是呀。

嗯，但我倒還沒完全累癱，我其實很想走。

他看起來可不像馬上要走的樣子，不斷有人摁門鈴，客人來了又去，茶會的朋友、合唱團團員，每年都和安珂與歐諾一起慶祝豐收節、新年、聖靈降臨節以及復活節的農家。安珂不動聲色提醒咪咪和亞里德，兩人應該做點什麼。不難看出，咪咪有著實用至上的果決，而亞里德實用至上的固執又承襲自何人。安珂希望咪咪送幾位姑婆上車，亞里德去地下室拿烈酒和啤酒，咪咪清理餐桌，重新擺餐具，收走奶油蛋糕，把檸檬蛋糕端上來，檸檬蛋糕裝飾著血橙和鮮奶油，血橙在白色鮮奶油上發出很不真實的熾熱的光。雖然有洗碗機，但她希望咪咪用手清洗用過的碗盤，洗碗機會讓碗盤的金邊剝落，任誰都無可奈何。

我告訴過妳了，咪咪說。坐著別動，隨意看看，坐在妳的位子上。

她指著血橙，她說，簡直淫穢，妳不覺得嗎？

她站在我的座椅旁，靠著椅子的扶手好一會兒，然後又走開了，留下她身上的溫熱，棉花、上漿水、在風中曬乾了的內衣的味道。

我坐著，歐諾和我一直坐著，互對著微笑。他的雙手放在桌上，分別放在他盤子的左右兩邊，身子向前傾，說，聽好，今年下的雨少之又少，我這輩子從沒領教過。

我說，但多少總是下了一點。

歐諾說，沒幾滴。實際上根本沒下雨，一點兒都沒下。妳記得下雨時，雨水在沙子上敲出小洞，田野上的潮濕味嗎？

我記得下雨時城裡街道上的氣味，柏油、灰塵、椴樹花的味道。

他搖搖頭。我曾經多次在雨中的田地上，卻記不清那是什麼樣的氣味，我忘了。我應該會立刻認出來，卻仍舊把它忘了。

他把他的小酒杯推到離自己很遠的地方，突然說，我聽說，妳設了一個捕貂的陷阱。

是亞里德架設的，對。

他重複了一次「亞里德架設的」。但亞里德不是設陷阱的人，他有一個陷阱，但不是同一個。他有沒有告訴妳，如果沒把貂趕到很遠的地方，牠還會跑回來？

他沒說會把貂送走，他已預告抓到了會屠殺牠。

亞里德預告了這個？

我們兩個忍不住笑了起來，笑得鬼鬼祟祟引人側目。歐諾拿回他的小酒杯，舉高，瞇起一隻眼睛往裡看。

嗯，牠還沒掉進陷阱。

我說，沒有，還沒掉到裡面。

也許就在此時此刻，牠掉進去了。

我倆側耳傾聽，彷彿我們聽得到四公里之外，我那座安靜花園裡斜斜屋頂下的那個陷阱啪吋關上的聲音。

我說，最近陷阱裡有一隻鳥鶇，頭先開始有一隻很肥的貓。就是這麼回事，歐諾說。妳很少會抓到妳想抓的東西，往往抓到很不一樣的。妳還得想想，要拿牠幹嘛。

我說，我也相信，那隻貂已經跑了，根本就不在屋子裡。已經有四個星期了，牠不再在夜裡咕嚕咕嚕叫，屋子裡安靜得很。

歐諾若有所思地看著我。

他說，哦。

然後他站起來說，我想我得躺一會兒，就躺一刻鐘。躺下來睡，馬上回來。請容許我離席。

我從亞里德放在通往地下室樓梯上的籃子裡拿出一瓶啤酒，坐在沙發上。

咪咪父母的房子溫馨明亮，充滿了圖案和各種顏色，而且都搭配合宜。屋裡有一個鋪了白瓷磚的壁爐，和一張爐邊木頭長凳，上頭放了厚厚的繡花墊；防波堤和天空映照在掛在窗戶的玻璃球上。象牙白的窗簾，餐桌上方有一幅咪咪畫的畫，很大，三乘二公尺的油畫。一位在海裡游泳，裸體、豐腴的女人，在沉船以及下沉城市的深處，游泳的女人手中高舉一杯紅酒，一條魚緊緊咬住她的左腳，深綠色的海水，女人的身體線條分明，海水使得她的胸部浮了起來，陰部閉合，但看得一清二楚。安珂和歐諾把這樣一幅畫掛在他們的餐桌上方頗讓人感到訝異。安珂在各房間之間來去，在這幅畫前面穿梭，這幅畫歸她所有，同時也代表著它自己。她全心全意款待客人，通往餐廳的弧形走道上不斷有人走動，人聲鼎沸，安珂陪伴每位客人的時間都經過計算。我認識妮可上班的那家酒吧老闆、海灘上的收銀員、港務長，他們三個都冷漠又好奇地觀察我，我佯裝不知道。我面窗而坐，亞里德站在外面的網子旁邊抽菸，成群的雞在網子下的灰塵中刨地。他的一隻手放在後頸上，用後腳跟踢走香菸，撿起菸頭然後轉過身來，因為他感覺到我在看他。

咪咪說，妳能不能過來一下，我爸爸覺得不太舒服。

她揮手讓我跟著她走進靠走道的一間狹長型房間。歐諾躺在一張貴妃椅上，看起來正常得很。

咪咪俯身向他。

她說，麻痺是怎麼回事，暈眩又是怎麼回事？爸爸。

我的左手臂麻了，歐諾好聲好氣地說。或者，他覺得手臂上好像有幾千隻螞蟻，感覺像是麻痺又像是螞蟻啃咬。我如果坐起來，就會頭暈。

咪咪看著我，我們該怎麼辦？這聽起來是哪種毛病？

我說，聽起來不怎麼好。

她說，我媽會說他是故意的。

她用力拉緊腰帶，兩手扠腰。沒關係，待在這裡，我馬上就回來。

我在貴妃椅的邊上坐下來，歐諾禮貌地對我點頭致意，好像眼下的情況十分理所當然，我也禮貌性的點點頭。窗邊桌子上方的牆上掛了幾個鐘，滴答聲與我哥哥家的鐘很不一樣，精確又不擾人。其中有一個潮汐鐘，我竟不知道有這種鐘。

歐諾說，潮汐鐘，那是一個潮汐鐘。

水位上升，兩小時內就會到達最高點，接著又降回去。這個鐘非常漂亮。

我說，你還好嗎？

好啊，歐諾說，目前還可以，是的。

安珂不願意踏進這間狹小的房間和歐諾說話，如同咪咪先前的揣測，她以為他是故意的。他佯裝不舒服破壞她的慶生會，以被動的方式成為焦點，一直以來他都這樣，從來沒有例外。她不想和他說話，無論如何她都不會讓救護車停在家門口，尤其是在她生日這天。

亞里德說，我開車送歐諾上醫院，不管安珂說什麼。看歐諾的樣子他並不反對，看起來他在妻子生日這天由他兒子送到醫院這個主意挺不錯，他站起來，挺直背部，手抬起，並且用右手摁住左手拇指根部掌上突起的肌肉。

我左邊麻了，其實我整個左半身都麻了。

咪咪在她父親前的地上跪下來，用鞋拔幫他穿上鞋子。

她說，爸，別亂講話。

亞里德這會兒已經脫下外套，換上他在豬圈工作時穿的夾克。他倚著房間門站著等，等咪咪把歐諾的鞋帶打上兩個蝴蝶結並且繫緊。

他說，妳一起去嗎？

我說，我？

他說，妳一起去比較好。

歐諾說，我也這麼想。

咪咪站起來，她的膝蓋咯啦作響，仰起頭來注視歐諾掛在牆上的時鐘、照片，他祖先、家人的照片，緩慢地吐氣。也許她沒想到會這樣，她覺得有點過頭了。她拉扯項鍊，琥珀喀擦喀擦響。

她說，好吧。妳可以明天再來拿腳踏車，我會把它放在下面。走吧。

我們攙著歐諾，慢慢走到亞里德的車子那裡。所有來慶生的客人都在看我們，不是盯著看，但意圖明確而沉默，顯然這些人中沒有人理解，為什麼我也一起去，這究竟代表什麼意思？

我為歐諾打開副駕駛座的車門，他坐進車子裡之後，我又幫他繫上安全帶，再小心把門關好。

亞里德說，後座上有針筒，給豬用的。可別一屁股坐上去。

我說，我的天。

我把後座上的針筒、針頭、盛裝藥液的小玻璃瓶挪到旁邊，然後上車。我們頭也不回開出了農莊。

夕陽餘暉籠罩著暗黑的田野，拖拉機停在水溝邊，圓捆的乾草是晚霞滿天下的剪影。風力發電機慢慢轉著，顯得沉重。亞里德清清嗓子。

他說，好吧，這是誰的田？這裡以前都種哪些作物，爸爸？

顯然他很害怕，他之所以問歐諾，是想弄清楚，歐諾聽得懂他說的話嗎？他的發音清楚嗎？醫院遠在二十公里之外，也許叫救護車還比較明智。

這是埃諾的田，歐諾平靜地說，種亞麻和大麥。田地缺乏照顧，我覺得，應該再整齊些比較好。

他指了指那些停留在犁溝裡的大雁。

他半轉過身來對著我，說，埃及雁，實在太多了。

他說，一種太多，另一種又太少，就是這樣。

亞里德從後視鏡看我，在鏡子裡找我的視線，找到後就盯著我。咪咪大概會說，像緊緊盯著一個物體似的，彷彿盯著一個可以塞進口袋裡的東西。妳不覺得嗎？

她大概會說，怎樣？妳喜歡這種說法嗎？

醫院裡的人讓歐諾住進中風病房，他們的措辭很小心，只想讓他在病房住一晚，以便控制，安全起見。

這位印度醫師很年輕，近乎溫柔地為歐諾檢查，懷著虔誠與極高的敬意面對這位長者，他帶棕色斑點的皮膚、結實的骨架、真珠般的眼睛、友善的態度，在他眼中美不勝收。他以為是生日宴把歐諾給累壞了，他只是疲勞過度，沒別的，他說，別擔心，你們把他送過來，有做兒子的照顧，媳婦照顧，很好。家人最重要了。

亞里德沒有糾正他，我也沒有，歐諾沒怎麼糾正。歐諾忙著聽護理師和醫師的指示，觸碰鼻子，眼睛跟著他們的動作轉動，用單腳站立，每個動作都做對了，他不再覺得天旋地轉，左半身也不麻了。

他說，我餓了。

護理師用托盤送來薄荷茶、麵包、軟乳酪以及奶油，他舉起插了軟針的那隻手，他說，可以請妳幫我的麵包塗奶油嗎？

我在麵包上抹奶油，在茶裡加了糖，把托盤放在他前面，他微笑道謝。亞里德靠著牆觀察我們，像我第一次在他的廚房紗門前遇見他的那晚一樣，兩手抱胸，臉上沒有一絲笑意。

我們待在歐諾身邊，直到他喝完茶，吃完麵包為止。亞里德打電話給咪咪，他說，都很好，但他仍然要在這裡待一晚，明天才能回家。

歐諾很認真聽，他說，代我問候一聲。告訴咪咪，她要幫我好好問候大家。

他的頭朝著亞里德的方向，對我說，亞里德的牙齒不好，基因不好。使用太多殺蟲劑，給豬用了太多生長激素，他的牙齒不太好，你們都得注意。

爸爸，亞里德說，說這些幹嘛。

歐諾說，但她必須知道。總要有人告訴她，如果你不說，我就必須告訴她。

他拿下外耳上的助聽器，平躺，雙手交叉放在腹部，給人一種安詳自在的感覺。窗前樹上聚集了幾隻寒鴉，展開閃閃發亮的翅膀，保持平衡，羽毛在已降臨的暮色中飄飛。亞里德俯身向他父親，拍拍他的肩膀，之後我們便離開了。

我們回到村子，但感覺上像從一個截然不同的地方回到這裡，又好像我們即將去一個很不一樣的地方。亞里德順著防波堤的路開車，黑暗中的羊群被車前燈照得發亮，好似怪胎，潔白、赤裸又意味深長，散發出純粹的安寧。一道微弱的閃電在地平線上顫動，天空像鉛又像銀，我們沉默地行駛過如同世界屋脊的地方。亞里德抽著菸，我拿下他手上的菸，只吸了一口就還給他。

最後他開口了，他說，妳屋子裡空空的？

是呀，空落落的。

我的意思是，有沒有訪客，有人在妳家嗎？

沒有，沒人在我家。

我想一起過去。

好極了。

我倆好一會兒都沒說話。

我的心狂跳。

然後我說，你可以不管那些豬嗎？一千隻豬耶。

妳知道嗎？有時候事情就這樣進行下去，即使妳改變了軌道，也沒有人會注意。

他說，一共九百零七隻。而且，是的，我可以一個晚上不管牠們，豬有另一種時間知覺。也許根本沒有。

*

兩星期後我又見到了那位印度醫師，黃昏時分，在走道上病理學冷藏室的前面。他記得我，他說，您的公公好嗎？我說，我公公很好，真的是聚會讓他激動，因為好多客人來，造成他情緒緊繃。他點頭微笑並且說，您的公公很有活力，他會活到一百歲，他很強壯。

他說，您的公公是一棵大樹。

我說，這間醫院好像人手不太夠，對嗎？

他說，並不特別足夠，沒錯。這個地方偏僻，冬季漫長又昏暗，很少有人願意在這裡上班。

我說，您離家有多遠？打哪兒來？

他說，我來自加爾各答。

我們並肩而立，呼吸，我聽見他在嚥口水，我聽見天花板上的燈管嘶嘶作響，像昆蟲的翅膀在研磨，我聽見上方有水潺潺流過水管，我聽見我的血液在唱歌。

他說，您準備好了嗎？

我說，我準備好了。

他推開那扇大門，打開燈，先走進那個房間，盡可能緊緊跟在他後頭，他走過左邊一整排大抽屜，含糊不清地說著一些數字，輕輕敲了幾個抽屜，然後站住了，立刻拉開，完全拉出凹槽，然後把屍架上覆蓋的床單掀到一旁。

妮可平躺著，手臂張開，手掌向上，柔和地呈打開狀。她的手臂沒有受傷，只有手腕上有鎖鍊留下的瘀青傷痕，也許是粗繩造成的。手指甲都斷了，身上的外傷來自汽車底部，有人開車從她身上輾過，汽車底部撕裂了她的腹部和胸部，撬開了她的胸腔，她極有可能早已死亡，窒息導致她身亡，根據屍體剖驗結果，她的死亡時間落在晚上七點至九點之間。我哥哥在停放拖車的那條街上找到了她，那時她死亡至少已經兩小時了，我哥哥下車時，海狸鼠從她身邊跑過。她的臉頰完好，沒有化妝，蒼白而美麗，眼睛緊閉，睫毛鮮明且濃，沒有牙齒的嘴巴凹了下去，薄薄的，一張文藝復興的臉，頭髮披散在頭部，奇特且濕漉漉地垂到妮可裸露的肩膀上，頭髮裡好像有一些微粒，也許是玻璃碎片，閃閃發光的小鏡子。磷，一種海上螢光。

是她嗎？印度醫師說。

是，是她，我說。

醫院辦公大樓樓上，一位刑事警察坐在暖氣旁的窗邊，我們走進去時，他站起來，客氣地伸手與我握了握。那位印度醫師打開咖啡機，放兩個杯子在桌上，對我指了指他的椅子後便離去。警察的年齡與我相仿，他很疲憊，和我一樣，他很希望此時此刻不在這裡。我們兩個都盯著咖啡機，等待著，直到咖啡煮好，他為我們倒咖啡，臉上的表情在問我要不要奶精和糖，兩個我都不要，他說，我也是，我向來除了黑咖啡，別的一律不喝。

我哥哥找到了妮可，他打電話給警察，叫救護車。妮可身上沒有證件，她什麼也沒帶，沒有可以通知的親友和家人，只有我哥哥，他信誓旦旦這個柏油路上被壓碎的人是妮可，而且他不是那個開車輾過她的人。總之，他的汽車沒有任何這樁意外留下的蛛絲馬跡。我哥哥沒有七點到九點之間的不在場證明。沒有人願意辨認妮可，停錨酒吧的老闆無能為力，熟客們也不願意。

妳知道嗎，刑事警察說，拖車裡的那些人沒有察覺任何異樣。這個女孩是在他們的拖車前被撞上的，他們什麼也沒看見。什麼也沒聽見。

我說，我不認識拖車的那些人。

他說，但妳認識這位年輕的小姐。

我說，這很難說。

她在那些拖車裡幹嘛呢？

我坐直身子，在牛仔褲上擦拭手心，再用同樣方法擦拭手背。

我說，我猜，她去玩紙牌遊戲。或者呢？你怎麼想？

她去玩紙牌遊戲，他重複了一遍，陷入沉思，態度友善、思前想後，他死死地盯著我身後牆上的一個點，以至於我覺得有必要轉過去看一眼。

然後他說，無論如何妳都有不在場證明。

我那時在工作，我說，我在我哥的酒吧上班，上到晚上十點，我關上店門後便回家了。

有證人嗎？他說。

到九點半有一些，客人，坐在酒吧裡的人，九點半以後就沒有人了。

好吧。

他打起哈欠，淺笑一下，在桌上來回推動醫師的聽診器、筆、滑鼠，一副不敢相信有些人整天都在和這些東西打交道似的。他端詳電腦旁邊的一張照片，專注到無禮的程度，照片上是印度醫師偕其家人，照片上的景致與此刻窗外的景色截然兩分。

他說，不是妳幹的，這個我知道。

你弄清楚了嗎？我說。

他翻開上唇，讓我看一下他斷裂的牙齒，他說，注意措詞。

他說，我還要調查妳哥哥一陣子，調查其他人，譬如妳那位鄰居，但妳哥哥我是一定會調查的。總之，妳那天上班時，他正巧不在店裡。七點到九點之間，他也剛好沒有坐在咖啡機旁他的老闆座位上。

我深吸一口氣，我說，沒有，他不在店裡。

他點點頭，他說，妮可是誰？

我說，她是我哥的一位女性朋友，她是服務生，像你和我一樣的正常人。

他們讓我離開，於是我與印度醫師握手，我們在那裡站了一會兒，他的手是乾的，非常有慰藉作用，他細長的拇指放在我的脈搏上。他想像我、我家人、我丈夫以及我公公，他想，我屬於某個家族，某個宗族，我的生活有跡可循，即使我自己不復記憶，別的人卻還記得。我想像他、他的家人、他的家族；我可以再回來，校正他對我的想像。他先放開我的手，於是我離開醫院，一扇又一扇的門在身後關上。

外頭停車場上，咪咪和我哥坐在咪咪的車裡。今年一整年我都在想念著雨，想像有一場讓一切沖走、沖掉、消失的傾盆大雨，一首詩中的雨，憐憫的雨，讓汽車玻璃後咪咪和我哥的臉變得模糊不清，被雨水遮蔽。但沒有下雨，我看見他們倆，看見他們沒有血色的臉，看見他們茫然失措，我哥抽著菸，從打開的窗戶把煙霧吹出去，他們盯著我看，徹夜未眠又精疲力竭，而且心裡很清楚，我對他們無可奉告。

我坐進汽車後座，關上車門。我看得見樓上站在窗戶旁的那位刑事警察，他一動也不動，往下看著我們，對準了我們看。

咪咪轉過身來對著我，她說，是她嗎？

我毫無頭緒的說，當然就是她。除了她還會有誰？

我哥哥沒有回頭看我，他把菸頭扔出窗外，淚如泉湧，不停地抽泣，身體打顫，狂暴的陷落下去，猛地撲向座椅縮成一團。咪咪發動引擎，踩油門，我們輕鬆地滑出柵欄，重回到街上。

開車回到我哥哥家，咪咪把車開上車道，停下來，拉起手煞車，然後我們下車。夜涼了，第一次有了秋天的況味，所有顏色都轉為黯淡。深色的奧克拉荷馬玫瑰散發著芬芳，香味含有泥土氣，不同於六月的香，因為這時節而沉重。我發覺我已經好久沒有修剪這些玫瑰了，它們恣意狂野，乏人照料，像睡美人樹籬似的雜草叢生，而且我知道，我這輩子再也不會修剪它們了，應該交由另一個人來照顧，也許是咪咪，咪咪會接手嗎？咪咪走在前面，提著一個籃子，她買了一些東西，她從我哥哥手上拿起鑰匙，打開門，開燈，把她的夾克掛在那個已走過幾世紀的衣帽架上，把籃子放在廚房的桌上後，拿出裡面的東西。

她買了一隻雞。

蔬菜、馬鈴薯和白麵包。

我哥和我坐在桌旁，沒有脫下夾克。我們注視咪咪，看她在洗碗槽裡像一位外科醫師似的洗手。手掌、手背、手腕、指甲以及指尖，洗完從頭再來一次。看她洗青菜、削皮、切塊，看她把荷蘭芹切碎，洋蔥、大蒜、紅灩灩的辣椒。她把一只注滿水的鍋子放在爐上，撒一大把鹽進去，用水沖洗雞，在碗櫥的抽屜裡，在肉槌、餐巾環、火柴盒之間翻找一把鋒利的刀，終於找到了一把，從中間切開那隻雞，關節一剖為二，內臟放在一個小盤子裡，等鍋裡的水煮沸。她把雞腿、芹菜、胡蘿蔔、馬鈴薯都放進鍋中，她的動作慷慨大度而且奇特，也許是一種漠然。她煮了一鍋原生湯，一道萬物起源的湯。她彎腰對著鍋子，用一根木勺攪拌，像在一個洗衣木桶裡那樣反覆攪拌。

她說，我們現在最需要吃些熱的東西，一碗滾燙、鮮美的雞湯。

我不確定是否需要吃些熱食。我不覺得冷，也不覺得暖和，我其實很想走。

我對著我哥說，你有沒有開車輾過她？

我哥瞪著我，彷彿我們從來不認識，彷彿坐在他桌旁的是個陌生人。他眼睛下的陰影呈淡紫色，嘴唇乾而且沒有血色，嘴角起了泡沫。

他說，我們沒有吵架。月底她辭職了，我想要關掉貝殼酒吧，我們想要去旅行。她說過，她想和我一起旅行。我開車送她去拖車那裡，每一次都是這樣，她說，可能要待好一會兒，她會打電話給我叫我去接她。她沒有打電話，我，我哥哥突然中斷，無法繼續敘述，他的聲音抖顫，頭在發抖。

我先把雞肝煎好，咪咪說。雞心也一樣。如果你們不吃內臟，我吃。

我哥抓住我的胳膊，很用力的一把抓住，把我拉過去，弄疼了我。

他說，後來我開車回家了，我就待在這裡。

他放開我，東指西指：桌子上方沒有掛杯子的架子、爐子、碗櫥、窗台上妮可的髮夾、她那個貓圖案的打火機、她的一條蜂蜜潤膚霜、她的X-Lash睫毛膏、她記下客人點餐的本子、她的覆盆子口味糖果。

他說，我一直在等，她沒打電話來，後來我覺得不對勁，於是打電話給她，但她沒接，所以我開車出去。我開到拖車那裡，她就躺在路上。我沒有從她身上開過去，但我差一點就撞上她了。她突然出現在車燈下，我以為我在作夢。當時四下無人，所有的拖車沒有光。妳倒是告訴我，我們接下來應該怎麼辦？

妮可說，你一開口就是在撒謊。她在壁爐的角落跳舞，為什麼總是在那個角落，在灰塵滿布的蜘蛛網，那個藍色磁磚前？她那件查爾斯．曼森夾克在哪裡？她的手機在哪裡？我想知道，她的紙牌還有口琴盒，那些精巧易碎的骰子哪裡去了？惡意與惡謀。

咪咪說，誰會為這樣的人張羅葬禮？

這樣的人是什麼意思？我哥哥說。

沒有家人的人，咪咪很不在意的說。沒有錢也沒有家人，誰來負責，誰來決定安葬事宜，應該有哪些儀式？

我來，我哥說，我會負責。

火葬還是土葬？咪咪說，或是海葬？也罷。不要海葬也許比較好。

我站起來，我說，我要走了，抱歉，他們沒有反對，沒挽留，沒求我留下來。他們坐在桌旁，湯鍋裡蒸氣氤氳，散發出油脂、月桂葉、熾熱的鐵的味道。低垂的燈光下，咪咪和我哥沉默深鎖的臉蒙上了陰影。咪咪的臉拒人於千里之外，像是不屬於這裡，沒有歲月的痕跡、嚴肅又平坦猶如一個圓盤，我想，我愛咪咪，而且她知道我愛她。我舉起手來，接著就走了。我走過沉睡中的村子，走出村子，沿著蜿蜒的公路繞過河，回到我的住處。鑰匙放在門邊的貝殼下面，我完全想不起來，我從什麼時候開始把鑰匙放在貝殼下面，而不是隨身攜帶，但自從我這樣做以來，我有種感覺，再過不了多久，我將不再鎖門，最後乾脆就讓門戶大開。廚房裡很安靜，沒有人在裡面。我把奧堤斯寄來的包裹放在桌上，脫下外套，從水龍頭接了一杯水，點上我僅有的三根蠟燭。我很想把那個包裹保存起來，仍不想動它，想再等一會兒，但有什麼東西已經過去結束了。我把水喝完，又喝了第二杯，然後坐起來，撕開那張柔軟的棕色包裝紙。

一個鞋盒，奧堤斯在盒蓋上寫著，親愛的我想關掉檔案室，因為這世界正在瓦解，有些東西妳用得著，有朝一日會用到，如此我們方不至於失去聯繫，然後我蓋上盒子。他寄給我一個短波收音機Salut 001，蘇聯製造，收音機看起來跟我一樣老。他沒有忘記電池，標度微微發光，他用記號筆在4625 kHz上做了記號。我拉開天線，小心翼翼把調頻器從左轉到右，琉特琴音樂、鈸以及響葫蘆傾瀉而出。我聽見狗吠聲，聽見一個女人咯咯笑的聲音，輕柔的聲音，憂傷又疲倦。發電機的轟鳴，也許是某個市集上討價還價的聲音，查特・貝克（Chet Baker）吹奏的小號，以及一列遠離的火車。帆，也許。也許是安的聲音，在好遠好遠的地方，她輕快的聲音，她心情歡快日子裡的聲音，我聽得到她的聲音，她真的在唱一首兒歌。也許是我在作夢，什麼都夢到了，也夢到妮可，包括她隆起的顴骨，她的紙牌遊戲以及她的自衛能力，我夢見安與奧堤斯，我夢見海水，我的童年，我自己。

那時，在菸廠裡，下班後會經過一個訊號燈，一個隨機發動機。綠燈了，可以繼續走，轉為紅燈，門房就會從他的小屋裡走出來斥責妳。把妳帶走，拿走妳的皮包，把皮包裡的東西倒在他的桌上。翻遍所有的東西，端詳妳的外套，摸摸外套的襯裡。他不准碰女工，但他很明顯很想。一旦他找到香菸，就把那個人拖到值班主管那裡，她會拿到一份解僱通知；偷香菸的人立刻解僱。這是規定。

我每天都偷香菸，那時我每天抽幾根，就偷多少。一包，我不一根一根偷，而是拿一整包軟殼菸，每當我走出廠房，就從流水線上拿一包，塞進我藍色工作服的口袋裡，然後在更衣室把它從工作服口袋移往手提包內。每當我經過訊號燈，會等到燈光轉為紅色，渴望它變成紅燈。我放慢腳步，在燈前徘徊，直到門房從他塗塗改改的數獨遊戲中抬起頭來，放下手中的咖啡杯，然後說，什麼事？燈光轉綠，維持綠燈。必須出示提包的總是別人，那些星期、那些月份中，我從未因為紅燈而被攔下。

員工餐廳供應的菜餚一道有肉，另一道無肉，沙拉裝在鋁製的盆子裡，附法式油醋醬，我從沒喝過的利樂包裝可可飲料。女工們的鞋子在油氈布上吱嘎作響。窗戶前種了一些植物，有專人照料，有人負責澆水、修剪，為它們換花盆，把乾枯的落葉掃乾淨。

木槿，睡蓮黃，淡粉色。

聲響很古怪，排隊領餐的人低聲說話，為了向前移動幾步而禮貌性但無意義的交談，以便調和整個痛苦的過程。拿一個餐盤排在隊伍裡，等著人把你的盤子盛滿食物。女廚工很少看人，她們想著自己的心事，陷入冥想或者神遊，依照我們的要求打菜，一個指令一個動作。請把醬汁舀到麵條旁邊，請不要給我太多馬鈴薯，如果可以的話，不要豌豆。員工餐廳裡的托盤是灰色的，小小的餐巾紙皺巴巴，有時候餐具歪七扭八，顯然有人在用餐時大發雷霆。燈光明亮耀眼，在偌大的餐廳裡熠熠生輝，蘊含著某種譏刺味道。窗戶前是停車場，後面有花園、獨棟洋房，本城第一批樓房建築。

我記得很清楚，有一天在員工餐廳吃午餐時，我突然無法吞嚥，不清楚是在那間我站在傳送帶旁邊工廠裡的員工餐廳，還是我陪同主管並且與他們一起用餐的第二間工廠。這不重要。我坐在桌旁吃起來，菜餚沒問題，不好也不壞，用叉子拿了一些東西，把叉子送到嘴裡，咀嚼，正要嚥下去之際，我忽然無法吞嚥。就是不行，我辦不到。我忘了怎麼吞嚥，不知道如何運用咀嚼肌，要怎麼做才能把嘴裡的東西嚥下去，我就是不會了。我知道，如果試著吞嚥下去的話，肌肉將不聽使喚，食物將卡在我的喉嚨上，而我會窒息。有時我能嚥下這關鍵性的一口。我在桌子下死命抓住椅腿，集中力氣然後吞嚥，奏效，但是之後就無法再吃東西，我確定我無法再來一次。有時候我做不到，必須站起來去洗手間，把東西吐出來後回到桌邊，收拾幾乎沒動的盤子並且說，沒事，又可以了，都很好，謝謝。太可怕了。

那時候我特別喜歡肉桂口味的口香糖，但只買得到大包裝的，一旦我開始嚼就無法停下來，我必須一片又一片往嘴裡塞，這麼做的時候，我的嘴裡有好多口水。口香糖散發出肉桂味的剎那雖然短暫，但絕對令人無法抗拒。

奧提斯說的沒錯，我偶爾會去室外游泳池，初夏以及初秋時節，夏天的室外泳池太擠了。我游泳時不去數游了幾趟，大概游個半小時。我有一張草蓆、一個籃子、防曬乳液，一瓶水和一本書。我在大太陽下趴著睡著了。一天午後一場暴雨襲擊市區，頃刻間大雨傾注，雷電交加，大夥兒倉促離開游泳池。我套上我的洋裝，跑到更衣室，想等暴雨過去，我喜歡暴雨。有大型男更衣室，大型女更衣室，以及供個人使用的小更衣室，我一間間走過，最後一間那裡站著一個男人曾經引起我的注意，因為他不停的跳水。他登上跳水台，優雅、頭朝前躍入水中，游一圈，有時候兩圈，爬出水池，登上跳台，接著再跳水。他看起來像是美國人，個子很高，金髮、肌肉發達，很不自然的散發出魅力，身上帶著一種說不出的冷漠。他站在門敞開的更衣室前，一絲不掛。我帶著隨身攜帶的所有物品走向他，帶著我的籃子、蓆子，涼鞋拎在手上，他讓我進入，在我身後關上門並鎖起來。我自己寬衣解帶，雨水在我們上面的玻璃屋頂上瘋狂轟炸，玻璃屋頂看似被牛奶淹沒了。

也有其他的男人。

奧堤斯與我是在電影院認識的，冬天，一部我已遺忘、下午放映的電影，那天一大早就下了一場雪。那是一間老式的電影院，下午放映的片子經常只有一個觀眾，大概晚上放映的片子也一樣；我很喜歡一個人去看電影。我跟售票員買一張入場券，她打開放映廳，撕票，放片子，她一人負責打點一切。電影開始前我先去洗手間，洗手間旁的門通往庭院。院子裡有一個男人與一條狗，院子裡光線不足，雪是白色的，男人與狗都是黑色。男人的手上拿著一根樹枝，狗的嘴巴裡咬著樹枝的另一端。他倆爭奪那根樹枝，狗兒鬆開，男人拾起樹枝，狗兒跳起來。我覺得那條狗好似一匹狼。

在這部影片中許多房屋慢動作的一一倒塌，灰色的出租房子，大鐵球怒吼著衝撞牆壁，房屋紛紛倒塌，瓦礫堆上塵土飛揚。灰燼。

從電影院出來時已經是晚上了，一個男人坐在走廊上，他在等我；那條像狼的狗不見了。街上仍舊積了厚厚的雪，城市在我們這一邊，一群蜜蜂正從我們身邊撤退，高高飛起，為我們讓路。

我問自己，遇見魔術師和他的妻子時，我為何不害怕？為何與他們一起走，彷彿我在夢遊？今天我突然想起那時我並未想到的一切，被奴役、受折磨、失去自由以及被虐待的女人們，咪咪的話語，被關在木箱裡以及被推到床下的女人們，在必要時被接出來，之後再被關進箱子裡，為何我那時統統沒想到？也許我想到了，但並不在乎？魔術師為我打開他的門，我走進他的房子，喝了他的冰茶，躺進他的箱子裡，他把箱子關了起來，又打開，他的妻子全程在旁觀看。我一定是希望他把我鋸成兩半，他拒絕了。我把自己交給了人生，也許這就是安在做的。在遙遠的洲大陸邊緣，在所有事物變得尖銳的地方。她的座標逐漸遠離，進入一個似是而非、未在地圖上標註的水域。彷彿世界是一個球體，破裂了，裡頭的液體傾注於宇宙中。

咪咪讓我看她那晚做了什麼，她讓我看她的雕像。不是美人魚，不是水妖。一個坐著的雕像，赤身裸體，膝蓋緊貼著身體，雙手交叉抱著腳踝，下巴靠在膝蓋上，頭髮編成一個沉甸甸的結，眼睛閉著。

她說，做完就送給妳，但還沒完成，我還需要一些時間。

她說，這個雕像看起來很像妳，妳不覺得嗎？妳有沒有注意到？我看妳就是她。

我告訴亞里德，我曾經認識一個女孩，她有個搭遊輪去新加坡的機會，擔任一位魔術師的助手，當那個在箱子裡被鋸開的少女，你知道這種魔術吧？

我知道，亞里德覺得篇幅長的故事很難懂，語言似乎干擾了他的直覺，使得不假思索的理解、感覺變得困難重重，此外他缺乏耐心，受不了篇幅長的故事，歸根究柢，也許他就是沒興趣。但他頗能掌握核心，能切入重點。

是啊，亞里德說。人人皆知，不是嗎？

他絕對不會說：妳幹嘛告訴我這些？

或者：妳這會兒怎麼想到這個？

他不認為妳是有意的，他想不到，妳可能想用一個故事達到某種目的。

我說，她也知道這種魔術。她試過，與那位魔術師一起，不是在船上，而是在陸地上，在一棟房子裡，和他的妻子一起。他們試過，看看能不能合作，看看適不適合。其實很適合，但那個女孩仍舊決定不去，她沒有去新加坡。

在那棟房子裡說不定會出差錯，亞里德說。妳永遠不知道會遇到什麼樣的精神變態，那些人又在謀求什麼。

沒錯，我說，說不定會出差錯。但沒有出錯，無論如何都不是以常規的方式。

我倆不發一語，各自陷入沉思。我們赤身露體並肩躺著，我俯臥，亞里德溫暖的手臂放在我的背上。自從我陪他和歐諾去醫院之後，晚上亞里德來我這裡的次數多了起來，妮可死了以後，他來得更勤。他在我這裡過夜，他說，他喜歡這樣，我的房子好空，覺得我空蕩蕩的房子驚人地舒適，他是這麼說的。他沒有針對我臥室門上的插銷發表意見，也沒有發現床鋪底下的胡椒噴霧、手槍和刀子。我喜歡他在我這裡過夜。睡下時並非隻身一人，不需要躺在床上睜大眼睛，傾聽夜晚的各種響動，不用等待著，真好。每當亞里德在我的住處過夜，那隻動物，如果牠還在屋子裡的話，就會藏起來，於是我像一塊墜落地上的石頭一樣沉沉睡去。睡眠帶著我，把我放在最底層。

我說，那個女孩告訴我，即使過了好些年，她依舊有種感覺，似乎在那個箱子裡遺失了什麼。她覺得，一部分的她一直遺落在那裡面，一個重要但無以言喻的部分。

靈魂，亞里德說。

是，也不是，我說。

我猜，那時她很年輕。

相當年輕，二十出頭。

我年輕的時候，亞里德說，有一天來了一位獸醫。歐諾和安珂已經離開，我接管農莊的時候。他們把所有東西都帶走了，只留下廚房裡的桌子，一張椅子，還有電視機。

他翻身，床鋪搖晃了一下，他很重。他壓在我身上，一隻手伸進我的兩腿之間，用膝蓋頂開我的雙腿，手指插進我體內，要求我再次做好準備。

他在我耳畔輕輕呼吸。

吸氣，呼氣。

他說，獸醫來為豬隻看診，我像癱了似的。我沒辦法和他說話，無法為他打開豬圈，和他一起為豬隻做檢查。其實沒有必要，他熟門熟路，一個人就行了，檢查完畢，他從後面穿過廚房進屋。他站在通往客廳的門邊，我坐在客廳電視機前的那張椅子上，說，都還好吧？然後他才走進來，走到我面前，把手放在肩膀上。他說，你有沒有什麼打算？

亞里德用手肘撐著起來，把我的臉轉向他，輕輕拉我的頭髮。四周很黑，我們看不清彼此。

他溫柔的說，我什麼打算都沒有。沒有決定要做什麼事，而他知道這點。他會這麼問表示他人很好，我不會忘記，他怎麼把手放在我的肩膀上。總之，我也沒有去新加坡，就算是今天，我也不想去別的地方。

對呀，我說，我知道。

這天夜裡陷阱關上之際我醒了過來，我莫名的剛好在前一刻醒來，我很清醒，我聽見陷阱關上的聲音，啪吖。這一次掉進陷阱裡的動物沒有反抗，牠呆住了，開始等待，身體蜷曲起來，蜷曲在我的時間之外。亞里德睡得很熟，呼吸深而平靜，間隔很長。我考慮隔天早上他離開前，請他看一看陷阱，但他的手機於清晨四點半響了，而我仍半睡半醒，我太累了，不想說話。他大踏步穿過走道，進入浴室，撒了一大泡尿，接下來洗臉，穿上衣服然後走了，而我又睡著了；當我終於清醒過來時，已經八點了，天已經亮了，於是我起床。

我泡茶，把茶端到花園裡。農田上有一片秋霧，煙囪沒有冒煙，埃及雁在犁溝裡棲息，灰色和白色的，像即將融化的雪。陽光照射在屋頂上，光滑得發亮。我端著茶走到屋後斜屋頂下面。河流的水靜止不動，錫一般的顏色，既新穎又陌生。對岸的馬兒一匹挨著一匹站著，我聽見牠們打響鼻，我聽得見乾硬土地上牠們的蹄聲。陷阱在角落裡，兩個活門是關上的，裡頭一點動靜也沒有，什麼都沒有，非常安靜。

我挪動陷阱旁的一把椅子，坐下來。

喝著茶，最後一口倒在草上。然後俯身向前，吸一口氣，然後打開陷阱。

感謝 Mark A. Augustat
為我做的一切。

導讀

何處是我家？

輔仁大學德文系退休教授劉惠安

家是每個人的避風港，是安身立命的地方，自古以來這彷彿是天經地義普世的想法，人類在歷經了二十世紀的大小戰亂，二十一世紀的環境變遷和社會階層流動的翻轉，「家」的定義已成多元化：幾代共住的大家庭模式日益稀少，只有兩代的簡單家庭生活，也逐漸沒落，單親家庭，重組家庭，或沒有家人同住，亦即家裡只有自己一人獨處，卻快速地增長了起來，自理生活本應感受自在如意，卻擋不住仍留戀過去生活的回憶。這些過程不僅衝擊兩性關係和組合效應，若男性仍停留在掌控家庭生活模式和成員發展，那麼女性受苦的程度不亞於傳統的三從四德的遺害。

《在家》的敘事者以「我」描寫自己的經歷，彷彿如宿命般的人生階段，似乎有意對應出讀者的某段生活，年輕時獨自懵懂地生活和工作，跟隨父母的生活模式，建立自己的家庭，在孩子長大後離家，面對如陌生人的枕邊人而離異，直到年近半百搬到海邊哥哥的酒吧結識了好友咪咪和她弟弟，她換了家，心境會由此而轉變嗎？

在酒吧裡工作不僅看到不同季節時期上門的客人也結識了當地人，咪咪和她的弟弟，哥哥不知從哪找到的妙齡女友，她下班後或週末時還可到處串門子，道聽塗說了好多的故事，而她回到自己破敗窄小的家，還可眺望田野和海堤，她寫信給前夫敘述自己在海邊的生活，也常以視訊方式嘗試聯絡女兒，她的孤獨是否可藉由這樣藕斷絲連的互動方式排解得掉？

心思細膩難道是女性的特質，前夫把居住的公寓整理得井井有條有如檔案庫，收藏各類一般人認為不實用、在他看來卻是可能在世界末日來臨時需要的東西，他要為萬一發生的世界危機做好萬全的準備，這樣的行為模式似乎顛覆了一般人對性別行為差異性的刻板印象。

一個人在家時，回想到在婚前碰到的魔術師和他的木箱，木箱內的侷限不適，終究讓她揮之不去，過去的每件事一再浮現，彷彿夢魘似的無法不重新面對，然而與哥哥女友自嬰幼年起到十二歲，被她母親長期關進的木箱對應相比，凸顯出女性或幼童是否擁有「自由」和「逼迫」的選擇權，畢竟敘事者經由遊說，自己踏入魔術師的木箱，嘗試參與他的戲法，但留下的是永難磨滅的不適感。哥哥女友的母親強硬地長期將她關入木箱，讓她沒有童年和接受教育的機會，她雖反抗，但母親的毆打逼她進入木箱，她幼年的家就是個木箱，讓她只學到混亂地生活及與他人胡塗瞎搞的互動模式。

然而敘事者家中半夜裡入侵的貂鼠，擾她不得安眠，只好請咪咪的弟弟設個陷阱，意圖除掉惱人的不速之客，這陷阱彷彿是個引人掉入的木箱，捕捉到的到底是動物，還是某人呢？

哥哥女友的猝死是個難解的謎，難道有人看不慣她的招蜂引蝶、放蕩不羈的生活調子而痛下毒手？她的遭遇好像對每個人能安然或僥倖渡過的歲月訴說著，「我真的不知道，人生到底該是什麼個樣子」。

《在家》的敘事者由年輕時，居住在德西的內陸城市的家中開始寫下回憶：在製菸廠工作上級長官的嚴厲和生活的單調無趣，可由她回到家中，由陽台居高臨下地看到街道、商店和經過的人群，彷彿是趣事般地彌補起來。

在婚前差點和魔術師夫妻踏上往新加坡的遊輪，卻走入婚姻生活，和丈夫一起養大女兒。他們雖都住在同一棟建築，可卻是分開的公寓，她和女兒同住，她在家和丈夫與女兒都是分離的個體，過著她在家也彷彿不在家的疏離生活，就連女兒離家後也不想讓她知道住處，她只能以視訊方式嘗試聯絡女兒，但女兒如同二十一世紀現代人力圖保有自己的隱私，僅想與她維持疏離的人際互動表面關係。

與她相比，在海邊結識的摯友咪咪的家，卻好像是每個人的家，可無拘無束地選擇日常生活的方式和節奏，也可訴說故事，咪咪說了個古老傳說女妖受虐至死的故事，確定那時男性肆無忌憚地操控女性的身體，剝奪人身的自由行動；而一直住在海邊的咪咪全然不需刻意展現，就活出獨居女性特質的自在。

咪咪的弟弟認真專注在自己的事業，但也鑽進了敘事者的身心，為她住家搭造的捕獸陷阱，或許真的捕捉到那隻擾人動物，然而敘事者亦同時為他所擄獲，她似乎也情願成為他的獵物：現代女性可自主選擇伴侶的可能性似乎已經得到時代發展的認可。

隨著年齡的增長，回顧已度過的歲月才知道：原來我們的年歲常會分成好幾個階段：未成年時依賴父母、年輕懵懂稚嫩開始工作、適齡婚姻與否、如何教養孩子至成年，有時配偶豁然成為只是同居的陌路人而分居或離婚、年華將逝，勢必得重新尋找自己生活方向，一切必須再度定錨，在自己的家中平穩地安頓下來。

《在家》作者尤荻特．赫爾曼異常冷靜深具魅力的寫作風格，以第一人稱全知的寫作視角，卻未透露「我」的名字，隱晦但鉅細靡遺地描繪出各個人物的生活環境和私密想法，而譯者的筆觸亦以流暢的語句和合宜的詞彙完成中譯本，讓華語文讀者也能窺知：其實二十一世紀多數的人都常在摸索如何和自己的伴侶或工作上的夥伴合宜地互動，以及與家人或朋友和平相處的方式，「家」隨著時間、空間和環境不斷地流動變換，一旦就是一個人生活時，也能身心靈都安好舒適、自在無憂地在家獨處，認知到若跟隨上帝的腳蹤行，任何的難處都會安然地度過。

國家圖書館出版品預行編目資料

在家/尤荻特.赫爾曼(Judith Hermann)著；楊夢茹譯. -- 初版. -- 臺北市：商周出版：英屬蓋曼群島商家庭傳媒股份有限公司城邦分公司發行, 2023.1
面； 公分. --(新小說；22)
譯自：Daheim
ISBN 978-626-318-493-0 (平裝)

875.57 111018201

在家 Daheim

作　　者／尤荻特・赫爾曼Judith Hermann
譯　　者／楊夢茹
責任編輯／余筱嵐

版　　權／林易萱、吳亭儀
行銷業務／林秀津、周佑潔、黃崇華
總 編 輯／程鳳儀
總 經 理／彭之琬
事業群總經理／黃淑貞
發 行 人／何飛鵬
法律顧問／元禾法律事務所 王子文律師
出　　版／商周出版
台北市 104 民生東路二段 141 號 9 樓
電話：(02) 25007008 傳真：(02)25007759
E-mail：bwp.service@cite.com.tw
Blog：http://bwp25007008.pixnet.net/blog
發　　行／英屬蓋曼群島商家庭傳媒股份有限公司 城邦分公司
台北市中山區民生東路二段 141 號 2 樓
書虫客服服務專線：02-25007718；25007719
服務時間：週一至週五上午 09:30-12:00；下午 13:30-17:00
24 小時傳真專線：02-25001990；25001991
劃撥帳號：19863813；戶名：書虫股份有限公司
讀者服務信箱：service@readingclub.com.tw
城邦讀書花園：www.cite.com.tw
香港發行所／城邦（香港）出版集團有限公司
香港灣仔駱克道 193 號東超商業中心 1 樓；E-mail：hkcite@biznetvigator.com
電話：(852) 25086231 傳真：(852) 25789337
馬新發行所／城邦（馬新）出版集團 Cite (M) Sdn. Bhd.
41, Jalan Radin Anum, Bandar Baru Sri Petaling, 57000 Kuala Lumpur, Malaysia.
Tel: (603) 90563833 Fax: (603) 90576622 Email: service@cite.my

封面設計／陳文德
排　　版／邵麗如
印　　刷／韋懋實業有限公司
總 經 銷／聯合發行股份有限公司
電話：(02)2917-8022 傳真：(02)2911-0053
地址：新北市 231 新店區寶橋路 235 巷 6 弄 6 號 2 樓

■ 2023 年 2 月 2 日初版 Printed in Taiwan
定價 380 元

The translation of this work was supported by a grant from the Goethe-Institut.

GOETHE INSTITUT
感謝歌德學院（台北）德國文化中心協助
歌德學院（台北）德國文化中心是德國歌德學院（Goethe-Institut）在台灣的代表機構，五十餘年來致力於德語教學、德國圖書資訊及藝術文化的推廣與交流，不定期與台灣、德國的藝文工作者攜手合作，介紹德國當代的藝文活動。
歌德學院（台北）德國文化中心 Goethe-Institut Taipei 地址：100 台北市和平西路一段 20 號 6/11/12 樓
電話：02-23657249 傳真：02-23687542 網址：http://www.goethe.de/taipei

城邦讀書花園
www.cite.com.tw
 ISBN 978-626-318-493-0

廣　告　回　函
北區郵政管理登記證
北臺字第000791號
郵資已付，免貼郵票

104　台北市民生東路二段141號2樓

英屬蓋曼群島商家庭傳媒股份有限公司城邦分公司　收

請沿虛線對摺，謝謝！

書號：BCL722　　書名：在家　　編碼：

請於此處用膠水黏貼

讀者回函卡

感謝您購買我們出版的書籍！請費心填寫此回函卡，我們將不定期寄上城邦集團最新的出版訊息。

姓名：＿＿＿＿＿＿＿＿＿＿＿＿＿＿＿＿＿ 性別：☐男 ☐女

生日：西元＿＿＿＿＿＿年＿＿＿＿＿＿月＿＿＿＿＿＿日

地址：＿＿＿＿＿＿＿＿＿＿＿＿＿＿＿＿＿＿＿＿＿＿＿＿

聯絡電話：＿＿＿＿＿＿＿＿＿＿ 傳真：＿＿＿＿＿＿＿＿＿＿

E-mail ：

學歷：☐ 1. 小學 ☐ 2. 國中 ☐ 3. 高中 ☐ 4. 大學 ☐ 5. 研究所以上

職業：☐ 1. 學生 ☐ 2. 軍公教 ☐ 3. 服務 ☐ 4. 金融 ☐ 5. 製造 ☐ 6. 資訊

☐ 7. 傳播 ☐ 8. 自由業 ☐ 9. 農漁牧 ☐ 10. 家管 ☐ 11. 退休

☐ 12. 其他＿＿＿＿＿＿＿＿＿＿＿＿＿＿＿＿＿＿＿＿

您從何種方式得知本書消息？

☐ 1. 書店 ☐ 2. 網路 ☐ 3. 報紙 ☐ 4. 雜誌 ☐ 5. 廣播 ☐ 6. 電視

☐ 7. 親友推薦 ☐ 8. 其他＿＿＿＿＿＿＿＿＿＿＿＿＿＿

您通常以何種方式購書？

☐ 1. 書店 ☐ 2. 網路 ☐ 3. 傳真訂購 ☐ 4. 郵局劃撥 ☐ 5. 其他＿＿＿

您喜歡閱讀那些類別的書籍？

☐ 1. 財經商業 ☐ 2. 自然科學 ☐ 3. 歷史 ☐ 4. 法律 ☐ 5. 文學

☐ 6. 休閒旅遊 ☐ 7. 小說 ☐ 8. 人物傳記 ☐ 9. 生活、勵志 ☐ 10. 其他

對我們的建議：＿＿＿＿＿＿＿＿＿＿＿＿＿＿＿＿＿＿＿＿＿＿

＿＿＿＿＿＿＿＿＿＿＿＿＿＿＿＿＿＿＿＿＿＿＿＿＿＿＿＿

＿＿＿＿＿＿＿＿＿＿＿＿＿＿＿＿＿＿＿＿＿＿＿＿＿＿＿＿

【為提供訂購、行銷、客戶管理或其他合於營業登記項目或章程所定業務之目的，城邦出版人集團（即英屬蓋曼群島商家庭傳媒（股）公司城邦分公司、城邦文化事業（股）公司），於本集團之營運期間及地區內，將以電郵、傳真、電話、簡訊、郵寄或其他公告方式利用您提供之資料（資料類別：C001、C002、C003、C011 等）。利用對象除本集團外，亦可能包括相關服務的協力機構。如您有依個資法第三條或其他需服務之處，得致電本公司客服中心電話 02-25007718 請求協助。相關資料如為非必要項目，不提供亦不影響您的權益。】

1.C001 辨識個人者：如消費者之姓名、地址、電話、電子郵件等資訊。
2.C002 辨識財務者：如信用卡或轉帳帳戶資訊。
3.C003 政府資料中之辨識者：如身分證字號或護照號碼（外國人）。
4.C011 個人描述：如性別、國籍、出生年月日。

請於此處用膠水黏貼